蒋勋

著

蒋勋说宋词

从苏轼到辛弃疾

下

蒋勋指定授权
青少名画版

CTS | 湖南美术出版社
小博集

蒋勋说宋词 下

从 苏 轼 到 辛 弃 疾

目 录

自 序
坐看云起与大江东去　1
——从品味唐诗到感觉宋词

第一章 苏轼

可豪迈，可深情，可喜气，可忧伤　002
不思量，自难忘　003
偷窥——中国文学少有的美学经验　007
融合儒、释、道　009
可以和历史对话的人，已经不在乎活在当下　011
绵中裹铁　016
重要的是活出自己　020

第二章 从北宋词到南宋词

具备美学质量的朝代 024
雾失楼台，月迷津渡 025
音乐性与文学性 027
文学的形式有时代性 030
形式上的完美主义者 032
阳刚与阴柔没有高低之分 034
一旦讲求形式，也就是没落的开始 036
向两极发展的美学品格 038

第三章 秦观、周邦彦

优雅文化的发达　042

桃源望断无寻处　046

每个诗人都有自己最爱用的那几个字　047

"大典故"　051

沉溺之美　053

再造美学空间　056

小楫轻舟，梦入芙蓉浦　057

南朝盛事谁记？　061

第四章 李清照

女性的创造力　068

知己夫妻　069

李清照有点"野"　071

寂寞深闺，柔肠一寸愁千缕　076

才下眉头，却上心头　078

懒懒的情绪是南宋词的重要特征　081

多少事、欲说还休　083

愁损北人，不惯起来听　086

物是人非事事休，欲语泪先流　088

这次第，怎一个愁字了得！　090

宋朝文人的生活空间　093

第五章 辛弃疾、姜夔

辛弃疾与姜夔：南宋的两面 098
"江南游子" 101
辛弃疾的侠士空间 104
却道"天凉好个秋" 106
那人却在，灯火阑珊处 108
村居老人辛弃疾 111
醉里挑灯看剑 113
千古兴亡，百年悲笑，一时登览 114
杯汝来前 116
悲壮美学 119
二十四桥仍在，波心荡，冷月无声 122
只讲自己的心事 125

附录 128

自序

坐看云起与大江东去
—— 从品味唐诗到感觉宋词

我喜欢诗,喜欢读诗、写诗。

少年的时候,有诗句陪伴,好像可以一个人躲起来,在河边、堤防上、树林里、一个小角落,不理会外面世界轰轰烈烈发生什么事。少年的时候,也可以背包里带一册诗,或者,即使没有诗集,就是一本手抄笔记,有脑子里可以背诵记忆的一些诗句,也足够用,可以一路念着,唱着,一个人独自行走去了天涯海角。

有诗就够了,年轻的时候常常这么想。

有诗就够了,行囊里有诗,口中有诗,心里面有诗,仿佛就可以四处流浪,跟自己说:"今宵酒醒何处?"很狂放,也很寂寞。

少年的时候，相信可以在世界各处流浪，相信可以在任何陌生的地方醒来，大梦醒来，或是大哭醒来，满天都是繁星，可以和一千年前流浪的诗人一样，醒来时随口念一句："今宵酒醒何处？"

无论大梦或大哭，仿佛只要还能在诗句里醒来，生命就有了意义。很奇怪的想法，但是想法不奇怪，很难喜欢诗。

在为鄙俗的事吵架的时候，大概是离诗最远的时候。

少年时候，有过一些一起读诗写诗的朋友，现在也还记得名字，也还记得那些青涩的面容，笑得很腼腆。读自己的诗或读别人的诗，都有一点悸动，像是害羞，也像是狂妄。

日久想起那些青涩腼腆的声音，后来都星散各地，也都无音讯，心里有惆怅唏嘘，不知道他们流浪途中，是否还会在大梦或大哭中醒来，还会又狂放又寂寞地跟自己说："今宵酒醒何处？"

走到天涯海角，离得很远，还记得彼此；或者对面相逢，近在咫尺，都走了样，已经不认识彼此，不是两种生命不同的难堪吗？

"纵使相逢应不识"，读苏轼这一句，我总觉得心中悲哀。不是容貌改变了，认不出来，或者，不再相认，因为岁月磨损，没有了诗，相逢或许也只是难堪了。

曾经害怕过，老去衰颓，声音喑哑，失去了可以读诗写诗的腼腆伴友。

前几年路上偶遇大学诗社的朋友，很紧张，还会怯怯地低声问一句："还写诗吗？"

这几年连"怯怯地"也没有了，仿佛开始知道，问这句话，对自己或对对方，多只是无谓的伤害。

所以，还能在这老去的岁月里，默默让生命找回一点诗句的温度，或许是奢侈的吧？

生活这么沉重辛酸，也许只有诗句像翅膀，可以让生命飞翔起来。

"天长路远魂飞苦",为什么李白用了这样揪心的句子?

从小在诗的声音里长大,父亲母亲总是让孩子读诗背诗,连做错事的惩罚,有时也是背一首诗,或抄写一首诗。

街坊邻居闲聊,常常出口无端就是一句:"虎死留皮人留名啊。"那人是街角捡字纸(专门捡别人丢弃的有字的纸,整理焚烧)的阿伯,但常常出口成章,我以为是"字纸"捡多了也会有诗。

有些诗,是因为惩罚才记住了。在惩罚里大声朗读:"明月出天山,苍茫云海间。长风几万里,吹度玉门关……"诗句让惩罚也不像惩罚了,朗读是肺腑的声音,无怨无恨,像天山明月,像长风几万里,那样辽阔大气,那样澄澈光明。

有诗,就没有了惩罚。苏轼总是在政治的惩罚里写诗,越惩罚,诗越好。流放途中,诗是他的救赎。

诗,会不会是千万年来许多民族最古老最美丽的记忆?

希腊古老的语言在爱琴海的岛屿间随波涛咏唱——《奥德赛》《伊利亚特》,关于战争,关于星辰,关于美丽的人与美丽的爱情。

沿着恒河与印度河,一个古老民族传唱着《摩诃婆罗多》《罗摩衍那》,也是战争,也是爱情,无休无止的人世的喜悦与忧伤。

黄河长江的岸边,男男女女,划着船,一遍一遍唱着:"蒹葭苍苍,白露为霜。所谓伊人,在水一方。溯洄从之,道阻且长。溯游从之,宛在水中央。"

歌声、语言、顿挫的节奏、呼应的和声,反复、重叠、回旋,像长河的潮汐,像江流蜿蜒,像大海波涛,一代一代传唱着民族最美丽的声音。

《诗经》的十五国风,是不是两千多年前汉语地区风行的歌谣?唱着欢欣,也唱着哀伤;唱着梦想,也唱着幻灭。

他们唱着唱着,一代一代,在百姓口中流传风行,咏叹着生命。

《诗经》从"诗"变成"经"是以后的事。"诗"是声音的流传,"经"被书写成了固定的文字。

我或许更喜欢"诗",自由活泼,在活着的人口中流传,是声音,是节奏,是旋律,可以一面唱一面修正,还没有被文字限制成固定死板的"经"。

《诗经·大雅·绵》讲盖房子:"捄之陾陾,度之薨薨。筑之登登,削屡冯冯。"

变成文字,简直聱牙。经过两千多年,就需要一堆学者告诉年轻人:"冯冯,读音是'凭凭'。"

如果还是歌声传唱,这盖房子的声音就热闹极了,这四种声音,在今天,当然就可以唱成"隆隆""轰轰""咚咚""凭凭"。"乒乒乓乓",盖房子真热闹,最后"百堵皆兴",一堵一堵墙立起来,要好好打大鼓来庆祝,所以"馨鼓弗胜"。

"诗"有人的温度,"经"只剩下躯壳了。

文字有几千年,语言比文字早很多。声音也比文字更属于百姓,不识字,还是会找到最贴切活泼的声音来记忆、传达、颂扬,不劳文字多事。

台湾岛东部少数民族部落里人人都歌声美丽,汉字对他们框架少、压力小,他们被文字"污染"不深,因此歌声美丽,没有文字羁绊,他们的语言因此容易飞起来。

我常在闽南地区听到最近似"陾陾""薨薨"的美丽声音。他们的声音有节奏,有旋律,可以悠扬婉转,他们的语言还没有被文字压死。最近听桑布伊唱歌,全无文字,真是"咏""叹"。

害怕"经"被亵渎,死抱着"经"的文字不放,学者、知识分子的《诗经》不再是"歌",只有躯体,没有温度了。

可惜,"诗"的声音死亡了,变成文字的"经",像百啭的春莺,被割了喉管,努力展翅飞扑,还是痛到让人叹惋。

"惋""叹"都是声音吧,比文字要更贴近心跳和呼吸。有点像

《诗经》《楚辞》里的"兮",文字上全无趣味,我总要用叹惋的声音体会这可以拉得很长的"兮","兮"是音乐里的咏叹调。

从《诗经》的十五国风,到"汉乐府",都还是民间传唱的歌谣。仍然是美丽的声音的流传,不属于任何个人,大家一起唱,一起和声,你一句,我一句,他一句,变成集体创作的美丽作品。

"青青河畔草,绵绵思远道。远道不可思,夙昔(一作:宿昔)梦见之……"只有歌声可以这样朴素直白,是来自肺腑的声音,有肺腑间的热度。头脑思维太不关痛痒,口舌也只有是非,出来的句子,不会是"诗",不会这样有热烈的温度。

我总觉得汉语诗是"语言"带着"文字"飞翔,因此流畅华丽,始终没有脱离肺腑之言的温度。

小时候在庙口听老人家用闽南语吟诗,真好听,香港朋友用老粤语唱姜白石(姜夔)的《长亭怨慢》,也是好听。

我不喜欢诗失去了"声音"。

汉字从秦以后统一了,统一的汉字有一种霸气,让各地方并没有统一的"汉语"自觉卑微。然而我总觉得活泼自由的汉语在民间的底层活跃着,充满生命力,常常试图颠覆官方汉字因为装腔作势越来越死板的框框。

文化僵硬了,要死不死,语言就从民间出来,用歌声清洗一次冰冷濒临死亡的文字,让"白话"清洗"文言"。

唐诗在宋朝蜕变出宋词,宋词蜕变出元曲,乃至近现代的"白话文运动",大概都是"借尸还魂",从庶民间的"口语"出来新的力量,创造新的文体。每一次文字濒临死亡,民间充满生命活力的语言就成了救赎。

因此或许不需要担心诗人写什么样的诗,回到大街小巷、回到庙口、回到百姓的语言中,也许就重新找得到文学复活的契机。

小时候在庙口长大，台北大龙峒的保安宫。庙会一来，可以听到各种美丽的声音，南管、北管、子弟戏（歌仔戏）、客家山歌吟唱、相褒对唱，受日本影响的浪人歌谣，战后移居台湾的山东大鼓、河南梆子、秦腔，乃至美国（20世纪）50年代的摇滚，都混杂成庙口的声音，像是冲突，像是不协调，却是一个时代惊人的和声，在冲突不协调里寻找彼此融合的可能性。我总觉得，新的声音美学在形成，像经过三百多年魏晋南北朝的纷乱，胡汉各地的语言、各族的语言、印度的语言、波斯的语言、东南亚各地区的语言，彼此冲击，从不协调到彼此融合，准备着大唐盛世的来临，准备语言与文字达到完美巅峰的唐诗的完成。

　　应该珍惜，台湾岛是声音多么丰富活泼的地方。

　　生活里其实诗无所不在。家家户户门联上都有"风调雨顺""国泰民安"，那是《诗经》的声音与节奏。

　　邻居们见了面总问一句，"吃饭了吗？""吃饱了？"也让我想到《古诗十九首》里动人的一句叮咛：努力加餐饭。上言加餐饭，生活里、文学里，"加餐饭"都一样重要。

　　我习惯走出书房，走到百姓间，在生活里听诗的声音。

　　小时候顽皮，一伙儿童去偷挖番薯，老农民发现，手持长竹竿追出来。他一路追一路骂，口干舌燥。追到家里，告了状，父亲板着脸，要顽童背一首唐诗作为惩罚——《茅屋为秋风所破歌》，读到"南村群童欺我老无力"，忽然好像读懂了杜甫。在此后的一生里，记得人在生活里的艰难，记得杜甫或穷苦的农民，会为几根茅草或几个地瓜"唇焦口燥"追骂顽童。

　　我们曾经都是杜甫诗里欺负老阿伯的"南村群童"，在诗句中长大，知道有多少领悟和反省，懂得敬重一句诗，懂得在诗里尊重生命。

　　唐诗语言和文字都太美了，忘了它其实如此贴近生活。走出书房，走出教科书，在我们的生活中，唐诗无处不在，这才是唐诗恒久而普遍的巨大影响力吧。

唐诗语言完美,可以把口语问话入诗。

唐诗文字声音无懈可击:无边落木萧萧下,不尽长江滚滚来。写成对联,文字结构和音韵平仄都如此平衡对称,如同天成。

在一个春天走到江南,偶遇花神庙,读到门槛上两行长联,真是美丽的句子:

> 风风雨雨,暖暖寒寒,处处寻寻觅觅。
> 莺莺燕燕,花花叶叶,卿卿暮暮朝朝。

那一对长联,霎时让我觉得骄傲,是在汉字与汉语的美丽中长大的骄傲,只有汉字汉语可以创作这样美丽工整的句子。平仄、对仗、格律,仿佛不只是技巧,而是一个民族传下来可以进入春天,可以进入花神庙的通关密语。

有诗,就有了美的钥匙。

我们羡慕唐朝的诗人,水到渠成,活在文字与语言无限完美的时代。

张若虚的《春江花月夜》,传说里的"孤篇压倒全唐之作",是一个时代的序曲,这样豪迈大气,却可以这样委婉平和,使人知道"大"是如此包容。讲春天、讲江水、讲花朵、讲月光、讲夜晚,格局好大,却一无霸气。盛世,是从这样的谦逊内敛开始的吧,不懂谦逊内敛,盛世没有厚度,只是夸大张扬,装腔作势而已吧。

王维、李白、杜甫,构成盛唐的基本核心价值,"佛""仙""圣",古人用很精简的三个字概括了他们美学的调性。

"行到水穷处,坐看云起时。"王维是等在寺庙里的一句签,知道人世外还有天意,花自开自落,风云自去自来,不劳烦恼牵挂。经过劫难,有一天走到庙里,抽到一支签——行到水穷处,坐看云起时,那一定是上上签吧。

"我歌月徘徊，我舞影零乱。"李白是汉语诗里少有的青春闪烁，这样华美，也这样孤独，这样自我纠缠。年少时不疯狂爱一次李白，简直没有年轻过。我爱李白的时候总觉得要走到繁华闹市读他的《将进酒》，酒楼的喧闹，奢华的一掷千金，他一直想在喧闹中唱歌："岑夫子，丹丘生。"我总觉得他叫着"老张，老王，别闹了"。"与君歌一曲，请君为我倾耳听"，在繁华的时代，在冠盖满京华的城市，他是彻底的孤独者。杜甫说对了：冠盖满京华，斯人独憔悴！

不能彻底孤独，不会懂李白。

"诗圣"完全懂李白作为"仙"的寂寞。然而杜甫是"诗圣"，"圣"必须要回到人间，要在最卑微的人世间完成自己。

战乱、饥荒、流离失所，"朱门酒肉臭，路有冻死骨"。杜甫低头看人世间的一切，看李白不屑一看的角落。"三吏""三别"，让诗回到人间，书写人间，听人间各种哭声。战乱、饥荒、流离失所，我们也要经历这些，才懂杜甫。杜诗常常等在我们生命的某个角落，在我们狂喜李白的青春过后，忽然懂得在人世苦难前低头，懂得文学不只是自我趾高气扬，也要这样在种种生命苦难前低头谦卑。

诗佛、诗仙、诗圣，组成唐诗的巅峰，也组成汉诗记忆的三种生命价值，在漫漫长途中，或佛，或仙，或圣，我们仿佛不是在读诗，是一点一点找到自己内在的生命元素。王维、李白、杜甫，三种生命形式都在我们身体里面，时而恬淡如云，时而长啸伴狂，时而沉重忧伤。唐诗，只读一家，当然遗憾；唐诗，只爱一家，也当然可惜。

这套书，是近三十年前读书会的录音，讲我自己很个人的诗词阅读乐趣。录音流出，也有人整理成文字，很多未经校订，错误杂乱，我读起来也觉得陌生，好像不是自己说的。

恺之多年前成立有鹿文化，他一直希望重新整理出版我说"文学之美"的录音,我拖延了好几年。一方面还是不习惯语言变成文字,另一方面也觉得这些录音太个人,读书会谈谈可以,变成文字,还是有点觉得会有疏漏。

悔之一再敦促,也特别再度整理,请青年作家凌性杰、黄庭钰两位校正,两位都对中学语文教学有所关心,他们的意见是我重视的。这套书里选读的作品多是台湾目前语文教科书的内容。如果今天台湾的少年读这些诗、这些词,除了用来考试升学,能不能让他们有更大的自由,能真正品味这些唐诗宋词之美?能不能让他们除了考试、除了注解评论,还能有更深的对诗词在美学上的人生感悟与反省?

也许,悔之有这些梦想,性杰、庭钰也有这些梦想,许多语文教学的老师都有这样的梦想:让诗回到诗的本位,摆脱考试升学的压力,可以是成长的孩子生命里真正的"青春作伴"。

我在读书会里其实常常朗读诗词,我不觉得一定要注解。诗,最好的诠释可不可能是自己朗读的声音?

因此我重读了张若虚的《春江花月夜》,重读了白居易的《琵琶行》,一句一句,读到"江畔何人初见月?江月何年初照人?",读到"同是天涯沦落人,相逢何必曾相识!",还是觉得动容,诗人可以这样跟江水月亮说话,可以这样跟一个过气的歌伎说话,跟孤独落魄的自己说话。这两个句子,会需要注解吗?

李商隐好像难懂一点,但是,我还是想让自己的声音环绕在他的句子中,"相见时难别亦难",好多矛盾、好多遗憾、好多两难,那是义山诗,那也是我们每一个人的生命景况。我们有一天长大了,要经过多少次"相见"与"告别",终于会读懂"相见时难别亦难"。不是文字难懂,是人生难懂,生命艰难,有诗句陪着,可以慢慢走去,慢慢读懂自己。

> 荷叶生时春恨生，荷叶枯时秋恨成。
> 深知身在情长在，怅望江头江水声。

春去秋来，生枯变换，我们有这些诗，可以在时间的长河边，听水声悠悠。

要谢谢云门舞集音乐总监梁春美为唐诗宋词的录音费心，录王维的时候我不满意，几次重录，我跟春美说："要空山的感觉"，又加一句"最安静的巴赫"，自己也觉得语无伦次，但春美一定懂，这一份录音交到聆听者手中，希望带着空山里的云岚，带着松风，带着石上青苔的气息，弹琴的人走了，所以月光更好，可以坐看一片一片云的升起。

但是要录几首我最喜爱的宋词了——李煜的《浪淘沙》《虞美人》《破阵子》《相见欢》，这些几在儿童时就朗朗上口的词句，当时完全无法体会什么是"四十年来家国"，当时怎么可能读懂"梦里不知身是客"。每到春分，窗外雨水潺潺，从睡梦中惊醒，一晌贪欢，不知道那个遥远的南唐原来这么熟悉，不知道那个"垂泪对宫娥"的赎罪者仿佛正是自己的前世因果。"仓皇辞庙"，在父母怀抱中离开故国，我曾经也有这么大的惊惶与伤痛吗？已经匆匆过了感叹"四十年来家国"的痛了，在一晌贪欢的春雨飞花的南唐，不知道还能不能忘却在人世间久客的哀伤肉身。

每一年春天，在雨声中醒来，还是磨墨吮笔，写着一次又一次的"梦里不知身是客，一晌贪欢"，看渲染开来的水墨，宛若泪痕。我最早在青少年时读着读着的南唐词，竟仿佛是自己留在庙里的一支签，签上诗句，斑驳漫漶，但我仍认得出那垂泪的笔迹。

亡一次国，有时只是为了让一个时代读懂几句词吗？何等挥霍，何等惨烈，他输了江山，输了君王，输了家国，然而下一个时代，许多人从他的诗句里学会了谱写新的歌声。

宋词的关键在南唐，在亡了江山的这一位李后主身上。

南唐的"贪欢"和南唐的"梦里不知身是客"都传承在北宋初期的文人身上。晏殊、晏几道、欧阳修，他们的歌声里都有贪欢沉溺，也惊觉人生如梦，只是暂时的客居。贪欢只是一晌，短短梦醒，醒后犹醉，在镜子里凝视着方才的贪欢，连镜中容颜也这样陌生。"一场愁梦酒醒时""无可奈何花落去，似曾相识燕归来"，在岁月里多愁善感。晏几道贪欢更甚——"记得小蘋初见"，连酒楼艺伎身上的"两重心字罗衣"都清清楚楚，图案、形状、色彩，绣线的每一针每一线，他都记得。

南唐像一次梦魇，烙印在宋词身上。"落花人独立，微雨燕双飞"，唐朝写不出的句子，在北宋的歌声里唱了出来。他们走不出边塞，少了异族草原牧马文化的激荡。他们多在都市中，在寻常百姓巷弄，在庭院里，在酒楼上，他们看花落去、看燕归来，他们比唐朝的诗人没有野心，更多惆怅感伤，泪眼婆娑，跟岁月对话。他们惦记着"衣上酒痕"，惦记着"诗里字"，都不是大事，无关家国，不成"仙"，也不成"圣"，学佛修行也常常自嘲不彻底，歌声里只是他们在岁月里小小的哀乐记忆。

"白发戴花君莫笑。"我喜欢老年欧阳修的自我调侃，一个人做官还不失性情，没有一点装腔作势。

范仲淹也一样，负责国家沉重的军务国防，可以写《渔家傲》"将军白发征夫泪"的苍老悲壮，也可以写下《苏幕遮》中"酒入愁肠，化作相思泪"这样情深柔软的句子。

也许不只是"写下"，他们生活周边有乐工，有唱歌的女子，她们唱《渔家傲》，也唱《苏幕遮》，她们手持琵琶，她们有时刻意让身边的男子忘了外面家国大事，可以为她们的歌曲写"新词"。新词是一个字一个字填进去的，一个字一个字试着从口中唱出，不断修正。"词"的主人不完全是文人，是文人、乐工和歌伎共同创作的吧。

了解宋词产生的环境，或许会觉得，我们面前少了一个歌手。这歌手或是青春少女，手持红牙檀板缓缓倾吐柳永的"今宵酒醒何处"；或是关东大汉，执铁板铿锵豪歌苏轼的"大江东去"。这当然是两种不同的美学情境，使我感觉宋词有时像邓丽君，有时像江蕙。同样一首歌，有时像酒馆爵士，有时像黑人灵歌。同样的旋律，不同歌手唱，会有不同诠释。鲍勃·迪伦的"Blowin'in the Wind"（《答案在风中飘》），许多歌手都唱过，诠释方式也都不同。

　　面前没有了歌手，只是文字阅读，总觉得宋词感觉起来少了什么。

　　柳永词是特别有歌唱性的，柳永一生多与伶工歌伎生活在一起，《鹤冲天》里"忍把浮名，换了浅斟低唱！"，"浅斟低唱"是柳词的核心。他著名的《雨霖铃》没有"唱"的感觉，很难进入情境。例如，一个长句——"念去去，千里烟波，暮霭沉沉楚天阔"。停在"去去"两个声音感觉一下，我相信不同的歌手会在这两个音上表达自己独特的唱法。"去去"两字夹在这里，并不合文法逻辑，但如果是"声音"，"去""去"两个仄声中就有千般缠绵、千般无奈、千般不舍、千般催促。这两个音挑战着歌手，歌手的唇齿肺腑都要有了颤动共鸣，"去""去"两字就在声音里活了起来。

　　只是文字"去去"很平板，可惜，宋词没有了歌手，我们只好自己去感觉声音。

　　谢恩仁校正到苏轼的《水调歌头》时，他一再问："是'只恐'？是'唯恐'？还是'又恐'？"

　　我还是想象如果面前有歌手，让我们"听"，不是"看"《水调歌头》，此处他会如何转音？

　　因为柳永的"去去"，因为李清照的"寻寻觅觅，冷冷清清，凄凄惨惨戚戚"，我更期待宋词要有"声音"。"声音"不一定是唱，可以是"吟"，可以是"读"，可以是"念"，可以是"呻吟""泣诉"，也可以是"号啕""狂笑"。

也许坊间不乏宋词的声音，但是我们或许更迫切希望有一种今天宋词的读法，不配音乐，不故作摇头摆尾，可以让青年一代更亲近，不觉得做作古怪。

在录音室试了又试，梁春美说她不是文学专业，我只跟她说："希望孩子听得下去。"像听德彪西，像听萨蒂，像听琵雅芙，琵雅芙是在巴黎街头唱歌给庶民听的歌手。

"孩子听得下去"，是希望能在当代汉语中找回宋词在听觉上的意义。

找不回来，该湮灭的也就湮灭吧，存在少数图书馆让学者做研究，不干我事。

雨水刚过，就要惊蛰，是春雨潺潺的季节了，许多诗人在这乍暖还寒时候睡梦中惊醒，留下欢欣或哀愁，我们若想听一遍"行到水穷处，坐看云起时"，想听一遍"四十年来家国，三千里地山河"，也许可以试着听听看，这套书里许多朋友合作一起找到的唐诗宋词的声音。

2017年2月刚过雨水，即将惊蛰
蒋勋于八里淡水河畔

第一章

苏轼

蒋勋说宋词 下

从苏轼到辛弃疾

可豪迈,可深情,
可喜气,可忧伤

苏轼真正建立了宋朝词风中的平实,
他总可以把世俗的语言非常直接地放入作品中

　　苏轼是大家非常熟悉的文学创作者,他的名句如"大江东去,浪淘尽,千古风流人物",或者"明月几时有?把酒问青天"已经进入了一般大众的日常生活中。北宋开国以后,人们努力让文学创作贴近日常的口语及生活,而经过欧阳修的改革或者说提倡之后,更明显地带动了一代词风。

　　欧阳修本身是主考官,在科举考试当中可以带动新的文学风气。即使从功利的角度来讲,新的知识分子和所谓的士大夫阶层为了能够在朝廷中与这些大臣合作,也会倾向于平实的词风。

　　苏轼的文学风格几乎一扫唐朝贵游文学的风气。"贵游文学"从六朝以后一直到李白,基本上都在追求比较贵族气的豪迈、华丽,追求大气、挥霍的美学感觉。苏轼真正建立了宋朝词风中的平实,他总可以把世俗的语言非常直接地放入作品中。例如,"明月几时有""人生如梦""多情应笑我"。

　　以下选了苏轼五首词作,它们的风格非常不一样。我们还会讲到他著名的《寒食帖》。如果要讲复杂和丰富,在中国的文学创作上,很少有人比得上苏轼。例如在《江城子》里面他悼念亡妻的那种哀伤和深沉,在中国众多的悼亡之作中是很少有的。而通过《蝶恋花》,我们会发现他的俏皮、他的某一种喜悦,几乎是前面讲到的词人都没有的。他可以豪迈,可以深情,可以喜气,可以忧伤。如果完全从美学角度来讲,苏轼的成就大概是最高的。

不思量,自难忘

苏轼的美学在凄凉当中不小气,
常常有种空茫的感觉,带着生命的无常感

江城子

乙卯正月二十日夜记梦

十年生死两茫茫。不思量,自难忘。千里孤坟,无处话凄凉。纵使相逢应不识,尘满面,鬓如霜。 夜来幽梦忽还乡,小轩窗,正梳妆。相顾无言,惟有泪千行。料得年年肠断处:明月夜,短松冈。

　　大家要特别注意这首《江城子》口语化的倾向。在阅读时,会感觉没有任何阻碍,如苏轼自己所说,他在写文章时如行云流水,"常行于所当行,常止于所不可不止"。这其实是在讲行文要自然,当然这并不容易。

　　十六岁嫁到苏轼家里的王弗,是苏轼生活中最重要的一个段落。在她去世十年后,苏轼开始描述自己在梦中的经验。其实悼亡的作品并不好写,原因在于悼亡是在书写特定的人与人之间的经验,而同时又必须把它

○《江城子》,又名《江神子》《水晶帘》《村意远》等。词牌名,唐五代词均为单调,三十五字至三十七字不等,平韵。至宋始有双调,七十字,平韵。黄庭坚有仄韵之作。

○语出宋代苏轼的《答谢民师书》。写诗文,应当写就写下去,不得不停时就停下来。说明写作要顺乎自然,当长则长,可短则短。

扩大到生命的某种苍凉，因为它的主题毕竟是死亡。我们在读到"十年生死两茫茫。不思量，自难忘"的时候，会发现苏轼完全是从真实的情境出发，没有任何做作。

"尘满面，鬓如霜"是个非常意象化的描述，即"我已经老了，这些年憔悴漂泊，这样一副面容即使见到了，你也不会认出我了"，这种描述表现的是一种深刻又特殊的情感。与妻子的情感也许不见得是浪漫，因为它太平实了，不像情人间的情感花哨，但因为有着共同生活过的内容，因此里面有非常深沉的感受。苏轼只是在写偶然梦到亡妻的记忆："夜来幽梦忽还乡，小轩窗，正梳妆。"其中"小轩窗，正梳妆"是对妻子初嫁的回忆，这里面有一种少女的美。王弗十六岁嫁到他家，一个新郎大概会在妻子化妆时偷看她的美。前面的"尘满面，鬓如霜"讲的是一个中年男子的苍凉与憔悴，可是到"小轩窗，正梳妆"的时候，忽然变成了一个少女的美和俏皮，这里有一种对比：自己已然衰老，可是亡者在他的记忆里永远是一个新娘，一个初嫁的新娘。

我觉得苏轼的作品根本不需要注解，他没有刻意地为文学而文学，而是在生命当中碰到那个事件的时候，他的真情会完全流露出来，他的文学也就跟着出来了。这首词里用到"江阳韵"❍。江阳韵本身是一种比较大气的韵，有比较大的空间感，可是苏轼把大的空间感和凄凉混合在一起，产生了一种比较独特的美学。苏轼的美学在凄凉当中不小气，常常有种空茫的感觉，带着生命的无常感。我们前面讲欧阳修一直在提倡平实的诗风与文风，可是欧阳修好像很个人，而苏轼会在生活里爱很多人，他对

❍ 江阳韵由 ang、iang、uang 三个韵母组成。如果这三个韵母在一首词中每句最后一个字中交替出现，那么这首词则属于十三韵之一的江阳韵。

妻子的爱,对他词作中那个根本没有见到面的荡秋千的女子的爱,都非常有趣。他是多情里有深情,又不是一般所说的"滥情",这个界限很难把握。

我们看到宋朝文人描述的男女之情,几乎都是与歌伎之间的情感,夫妻的情感很少成为文学主题,可能是因为会受到伦理层面的约束。在中国古代社会中,女子婚后生子、管家,而丈夫则常常在外面有他自己另外的空间,男人的情感空间和婚姻空间常常会分离开来。可是在这首《江城子》中,我们会感觉到苏轼试图把情感和婚姻做某种程度的结合,他是从真情上去描述的。

文学里的极品,其实情感多是一清如水,超越喜悦,也超越忧伤。"明月夜,短松冈",每一年她去世的时刻,在那样一个有明月的夜晚,在那个矮矮的长满了松树的山冈上,他们都会"相见",而且大概是生生世世的见面。收尾部分常常会决定一部作品最后的意境,有点像电影的尾声。"明月夜,短松冈"是一个扩大出去的意境。苏轼在生命经验中体现了某一种豁达,这种豁达使他不会拘泥于小事件,不会沉溺其中。

偷窥——中国文学少有的美学经验

他有《江城子》那样的深情，同时又有《蝶恋花》这样的豁达

下面要讲的是苏轼的《蝶恋花》，我很希望大家能够把它和《江城子》做对比，它们是完全不同的调子。

<blockquote>
蝶恋花

花褪残红青杏小。燕子飞时，绿水人家绕。枝上柳绵吹又少，天涯何处无芳草！　墙里秋千墙外道。墙外行人，墙里佳人笑。笑渐不闻声渐悄，多情却被无情恼。
</blockquote>

"花褪残红青杏小"，由春入夏的季节，花已经凋落了，杏花落了以后，青色的杏子慢慢长出来。"燕子飞时，绿水人家绕"，这个画面几乎是没有主观性的白描，就是春天的燕子飞起来，那绿水绕着几户人家流过去。我们几乎可以把它翻译成宋朝一个非常美的小品或山水画。"枝上柳绵吹又少"，枝条上的柳絮越吹越少。我们前面提到词的句子有很高的独立性，"天涯何处无芳草"其实就提供了这样的经验。这一句不只是在讲一个自然现象，同时也扩大成为一个心理经验，好像对生命有很大的鼓励。

下阕谈一个男子几乎是以偷窥的方式去看高墙内女子在荡秋千，这段描绘在一个严肃的、父权的男性文化里，大概是少有的一种活泼俏皮的美学经验，它甚至比欧阳修的"白发戴花君莫笑"还要精彩。

"墙里秋千墙外道"，墙里面有秋千，墙外面有一条路。"墙外行

人，墙里佳人笑"，路上有行人在走，就是苏轼自己，墙里有美丽的少女在荡秋千，一面荡一面笑。如果是一个影片，大概是苏轼踮起脚尖，一直想看那个笑声那么美好的女孩子有多漂亮的感觉。女孩子可能发现他在偷看，所以"笑渐不闻声渐悄"，女孩子跑掉了，笑声越来越远，然后就听不到了。"多情却被无情恼"，"行人"觉得自己是一个多情的人，很想认识一个美丽的少女，与她讲讲话，结果人家很"无情"地离去。

在北宋词当中，这种真性情，这种自我调侃和自我解嘲，这种纯洁，大概只有苏轼有。在情感的"多情"和"无情"当中，人们通常会站在自己的立场上，而不会替对方设想。可是苏轼没有，他会觉得没办法啊，"墙里秋千墙外道"是一个现状。我甚至觉得他的东西常常像禅宗，反映了一种生命状态。

"多情却被无情恼"绝不是抱怨，而是自己摸摸鼻子就走了，而且还有对自己的调侃。我觉得苏轼的深情与豁达刚好是一体两面，他有《江城子》那样的深情，同时又有《蝶恋花》这样的豁达。

融合儒、释、道

大部分烦恼都是由于没有办法自嘲和
调侃自己而僵在那个地方

苏轼身上完美体现了儒家、道家（老庄）、佛教的融合。民间传说，苏轼曾写信给佛印和尚，说最近修炼到"八风吹不动"，不贪婪、不嫉妒，也不生气了。佛印和尚在信上批了"放屁"二字退回，苏轼气得半死，过江去大骂佛印。佛印就留一纸在门上："八风吹不动，一屁打过江。"苏轼马上就懂了，自己也哈哈大笑，后来还把玉带输给了金山寺作为镇寺之宝。苏轼了不起的地方，就是他回来做"人"了。修行其实是为了回来做人，而不是为了告诉别人我多了不起，能告诉别人自己没有那么了不起，才是修行。

苏轼处处流露出"我其实做不到"的真性情。他有着对人的眷恋、对人世的牵挂，可是他每天写文章又说"我要放下"。吃饱饭他就摸自己的肚子，然后问别人："你知道这肚子里都是什么吗？"有人吹捧他，讲是"一肚子文章"，朝云（苏轼的侍妾）说是"一肚子不合时宜"，他说"对了"。其实他很了解自己。了解自己是一种大智慧，因为在生命里我们会作假，甚至会塑造出一个假的自我，并且越来越觉得这个假的自我是真的自我。尤其是在修行的过程当中，我们越读哲学、宗教的东西，越觉得自己领悟了，越容易自大，越容易出言不逊。可是苏轼的每一次悟道过程都会破功，他就一笑置之，觉得破功后反而轻松了，不必背负悟道者的那种尊严。

在《蝶恋花》的下阕中，可以看到苏轼最充分的悟道过程就是"墙里秋千墙外道"。听到"墙里佳人笑"的时候，觉得动心了，所以想要越过这道墙。可是"笑渐不闻声渐悄",所有眷恋的东西又消失了,只好自己抱怨说:"我不应该逾越这个分寸。"这个烦恼是自找的。这时我们忽然发现"墙里秋千墙外道"是个精彩的开始,一道墙分隔开两个不相干的人或事物,而当我们硬要它们相干的时候,就会有烦恼。其实大部分烦恼都是由于没有办法自嘲和调侃自己而僵在那个地方,能够一笑置之的时候,就会发现生命中的问题其实没有那么严重。

可以和历史对话的人，
已经不在乎活在当下

用这样的方式去看历史，忽然有了一种轻松，
这样就会发现自己始终不能释怀的那种痛苦何足挂齿

    四十三岁以前的苏轼，一直受到宠爱而自己不知道。当他四十三岁被传唤进京的时候，他从来没有想到自己会落难到这种程度。造成他四十三岁时因"乌台诗案"入狱的那些人的确是小人，可是这与苏轼作品当中有很多句子在抒发不满也有关。一个生命如果有一天能够了解"墙里秋千墙外道"的分寸，能够了解"有才"与"无才"在这个世间并存的意义，他也许会有更大的豁达与包容。可是苏轼在落难之前，并不知道要这样做。

    被关在监狱里的时候，苏轼的生命有一个大的跳跃。当时，苏轼认识了一个重要的朋友叫梁成。梁成是一名狱卒，苏轼过去的生活里没有这种人，他结交的都是欧阳修这种上层的知识分子。梁成或许觉得苏轼真的是被陷害的，偷偷带一点菜给他吃，冬天给他烧热水洗脚什么的。这时候苏轼变了，看见的不再只有知识分子。人其实有很多很多种，我相信他在生命里面有了更大的领悟。如果苏轼有所谓的修行，这是他修行的机会，而如果这个时候他继续抱怨，继续烦躁，他的生命是不会有跳跃的。

    在监牢里这段时间，我相信是苏轼脱胎换骨的时期。他写给弟弟的诗《狱中寄子由二首》感人至深："是处青山可埋骨，他年夜雨独伤神。与君世世为兄弟，更结人间未了因。"对生命当中所谓的权力、财富和正直，他没有任何要求——和自己眷恋相亲的人在一起过平淡天真的日子才是重要的。"与君世世为兄弟，更结人间未了因"，希望下一辈子还能够和相处很好的弟弟再做兄弟，我想这一点是苏轼了不得的跳跃。他出狱后被下放黄州，整个生命都改变了。大家可以看看《寒食帖》，这是在台北故宫博物院展览的苏东坡最好的手稿真迹。当时的人大多不敢理他，因为他是政治犯，一个伟大的创作者要承受这样被侮辱的过程，还能够坦然面对往日的好友完全不搭理的局面。

当时一位老朋友就找了东边的一块坡地给苏轼耕种，所以苏轼取号"东坡居士"。这个时候，苏轼"死掉"了，一个新的苏轼活过来了。那句"大江东去，浪淘尽，千古风流人物"就是在这个时候写的。大家读到《念奴娇·赤壁怀古》的时候，会感觉到不是苏轼走在宋朝，而是苏轼走在三国的历史当中。

念奴娇·赤壁怀古○

大江东去，浪淘尽，千古风流人物。故垒西边，人道是，三国周郎赤壁。乱石穿空，惊涛拍岸，卷起千堆雪。江山如画，一时多少豪杰。 遥想公瑾当年，小乔初嫁了，雄姿英发。羽扇纶巾，谈笑间，樯橹灰飞烟灭。故国神游，多情应笑我，早生华发。人生如梦，一尊还酹江月。

当一个人可以与历史里的人对话的时候，他已经不是活在当下。所以当苏轼走在黄州（今湖北黄冈）的赤鼻矶，遥想当年三国赤壁，才会生出"大江东去，浪淘尽，千古风流人物"的感慨。所有的人都会随时间逝去，无论高贵、卑贱、正直、卑劣，总有一天都会被扫尽。时间与今天相比，是分量更重的东西。当他领悟到这一点的时候，好像曾经在三国活

○《念奴娇》，又名《大江东去》《酹江月》《百字令》等。词牌名。念奴为唐天宝中著名歌女，因以为名。双调一百字、一百零一字或一百零二字，有平、仄韵二体。

过,现在又活了一次一样。

我们在这首宋词中几乎排名第一的作品里,看到苏轼平实道来自己对历史的感受:"故垒西边,人道是,三国周郎赤壁。""人道是"表明他自己并不确定,他可以把文学作品以这样的口语写出来。"乱石穿空,惊涛拍岸,卷起千堆雪。江山如画,一时多少豪杰",历史的开阔、沉重与丰富,全部在这里展现出来。五代到北宋的词都在写生活中的小事件、小经验,可是这首词忽然写大事件、大经验了,而这个大经验是因为经过了劫难才看到的。不过,苏轼的大经验与唐朝还是不同,他接下来仍旧回到非常优美的部分。"遥想公瑾当年,小乔初嫁了",有一点像前面讲过的从"尘满面,鬓如霜"忽然转成"小轩窗,正梳妆",是一个阳刚的、沧桑的中年男子和一个妩媚的少女之间的对比。

在传统戏曲的舞台上,体现这种对比的就是《苏三起解》〇:一个美丽的女子和白发苍苍的崇公道的搭配,就是青春华美与年老沧桑的对比。这首词也是这样,前面写"江山如画,一时多少豪杰"这样充满男性阳刚的东西,而后面写道"遥想公瑾当年,小乔初嫁了",突然一转,那种唯美的、表现青春年华的美的内容出现了。

"遥想公瑾当年,小乔初嫁了,雄姿英发",描绘周瑜青春俊美的面貌。"羽扇纶巾,谈笑间,樯橹灰飞烟灭",历史不过就像一场戏,从容自在的谈笑之间,敌方的战船便灰飞烟灭。用这样的方式去看历史,忽

〇戏剧《苏三起解》讲的是:妓女苏三爱上王金龙后,拒不接客,被老鸨卖与富商沈燕林做妾。沈妻与人私通,将沈燕林毒死,案发报官,反诬赖苏三谋杀亲夫。县官受贿将苏三问死罪。解差崇公道押送苏三至太原复审,途中苏三诉说自己的遭遇,崇深为同情,并认苏三为义女。

然有了一种轻松，这样就会发现自己始终不能释怀的那种痛苦何足挂齿。"故国神游，多情应笑我，早生华发"，这其实是在调侃衰老，一个可以"多情应笑我"的生命本身就是可以笑、可以被笑的，可以被嘲弄、被调侃的。生命应该有这个内容，没有这个内容就太紧张了。结尾诗人写道"人生如梦，一尊还酹江月"，最后用酒来祭奠江水和月亮，他感觉到有一天要把生命还给山水。

这段时间是苏轼最难过、最辛苦、最悲惨的时候，同时也是他生命最领悟、最超越、最升华的时候。他有时候还是很抑郁的，他不是一下就豁达了。有一次，苏轼跑到夜市喝酒，被一个流氓一样的人撞倒在地，他很生气，本想跟那个人吵架，可是随后他忽然笑了。后来他给朋友写信，说这件事情的发生令他"自喜渐不为人识"。

"自喜渐不为人识"是一种非常重要的心态，不是别人认不认识你，而是我们相信自己其实不需要被别人认识。那种回来做自己的状态非常难，尤其对苏轼这样曾经名满天下的翰林学士来讲。结识狱卒梁成这样的人对苏轼来说是非常重要的经验，他真的下到民间了，知识分子的骄傲随之消失。民间的东西帮助苏轼开阔了文学的意境，他这个时候写出来的作品，大概是他最好的作品。再来看这首《临江仙》。

临江仙

夜饮东坡醒复醉，归来仿佛三更。家童鼻息已雷鸣。敲门都不应，倚杖听江声。　长恨此身非我有，何时忘却营营？夜阑风静縠纹平。小舟从此逝，江海寄余生。

"夜饮东坡醒复醉"，夜里到东坡上喝酒，醒了又醉，醉了又醒，当然是有一点郁闷，不然不会这样喝酒的。"归来仿佛三更"，回到家里大概已经半夜十二点多了，"家童鼻息已雷鸣"，家童的鼾声像打雷一样。

"敲门都不应,倚杖听江声",苏轼敲门,没有人来开门,要是以前,他大概会一脚踹进去,然后大骂一顿。可是现在不能进门,他就倚靠着手杖听江水的声音。"倚杖听江声"是一种生命的豁达,他这个时候的词句都变成了对自己的提醒。提醒自己是因为他多半做不到,他的修行还不够。

"夜阑风静縠纹平",夜深了,风停止了,水面上几乎完全平静,好像没有波浪的生命的形式。"小舟从此逝",他愿意坐着一叶扁舟就从这里消逝,"江海寄余生",到江海当中去隐居。当时传闻苏轼拿毛笔在墙壁上写了这首词后,人就不见了。当地的太守吓死了,以为政治犯逃走了,急忙到苏轼家里去找,没想到他正在家里面呼呼大睡。

苏轼从来不认为文学作品是对生命的结论,那只是生命的片段领悟而已。它可以修正,可以修改,也可以再反证、再修行,它是一个过程。

绵中裹铁

对于外在的、客观的惩罚，如果有一念之转，
可能会发现没有事情是完全悲苦的

下面要讲的是苏轼在黄州时所写的诗。这两首诗的手稿被称为《寒食帖》（一作：《黄州寒食诗帖》），现收藏于台北故宫博物院。

寒食帖

自我来黄州，已过三寒食。年年欲惜春，春去不容惜。
今年又苦雨，两月秋萧瑟。卧闻海棠花，泥污燕支雪。
暗中偷负去，夜半真有力。何殊病少年，病起须已白。

春江欲入户，雨势来不已。小屋如渔舟，濛濛水云里。
空庖煮寒菜，破灶烧湿苇。那知是寒食，但见乌衔纸。
君门深九重，坟墓在万里。也拟哭途穷，死灰吹不起。

黄庭坚认为苏轼的字很美，因为它率性而为。美学当中最难的是自然、不做作，苏轼的书法不是难在技巧，而是难在心境上不再卖弄。

"自我来黄州，已过三寒食"，这是第一首的起句。从苏轼来到黄州，已经是第三个寒食节了。介之推（一作：介子推）被烧死在绵上（今山西介休东南）山中以后，晋文公哀悼他，下令全天下在这一天不要吃热的菜，"寒食节"是为纪念历史上这么一个有风骨的文人。当然苏轼这里写的寒食，对他而言意义非常特殊，是一个不趋附潮流的人在表达自己对生命的领悟过程。

《寒食帖》被称为苏轼传世书法的第一名，也是中国行书里面最受赞

赏的行书之一。苏轼的伟大，就在于他让我们觉得艺术创作就是真性情。

"年年欲惜春"，每一年到寒食节都想惋惜春天要过完了，可是"春去不容惜"，他重复了"春"字。"今年又苦雨"，今年雨下得特别多；"两月秋萧瑟"，农历三四月份像秋天一样萧瑟，因为一直在下雨，有一点阴森森的感觉。"卧闻海棠花，泥污燕支雪"，"燕支"犹言胭脂，是美丽的红色颜料，女人也用它来化妆。诗人躺在床上，听说海棠花已成"燕支雪"，掉在泥土里，被泥土弄脏了。我们会觉得花是高贵的、完美的，而泥土是肮脏的、卑微的，可是花瓣凋落了会和泥土在一起。

那么在苏轼的世界里，怎样把自己从四十三岁以前花一般的瑰丽，变成四十三岁以后东坡泥土般的"卑微"呢？他要用花和泥来表达心情上的领悟。

"花"和"泥土"，刚好是四十三岁以前和四十三岁以后苏轼的两面。花变成泥土，再变成养分，去供养下一朵花。我们平常会区分高贵与卑微、美丽与丑陋，可是在另外一个领域当中，美丽与丑陋是可以和解的，高贵与卑微也是可以和解的。所以花和泥在这里变成另外的形态。

"暗中偷负去，夜半真有力"，这里是用庄子的典故，庄子说："夫藏舟于壑，藏山于泽，谓之固矣。然而夜半有力者负之而走，昧者不知也。"（出自《庄子·大宗师》）意思是有人把船藏在山谷当中，可是夜半船忽然不见了，因为有个大力士把船给背走了。其实把东西带走的是"时间"，没有什么比时间更厉害。这也是苏轼用庄子典故的意义所在。

"何殊病少年，病起须已白"，本来觉得自己还很年轻，还是少年，可是怎么生了一场大病，头发都白了。这个病当然指的不是生理上的病，是讲诗人坐了一次牢，对他而言是一场大病，出了牢以后头发都白了。在"病"字之前他写错了一个字："子"，就在旁边点了四个点，表示"写错了"。他非常随意，这是手稿，高兴怎么写就怎么写，写错了就涂改。他让所有的线条非常自由地游走。

《寒食帖》第二首的开头是"春江欲入户,雨势来不已"。语言还是很贴近白话。因为一直下雨,春天的江水好像要涨进诗人在江边的房间里了。"小屋如渔舟,蒙蒙水云里",他的小屋子好像一条渔船,被一片水雾包围。"空庖煮寒菜",他大概有点饿了吧,就跑去厨房找一点蔬菜煮来吃。这里的"寒"也是心情,"空"也是心情,空的厨房里面只有冷的菜,好像他所有的热情在这个时候都冷却了……

"破灶烧湿苇",炉灶破破烂烂的,拿来烧的芦苇也是湿的,因为雨下了太久。空庖、寒菜、破灶、湿苇,好像都是发霉的感觉。"那知是寒食",他根本不知道今天是哪一天。因为苏轼已经被下放,反正也不上朝了,是哪一天又有什么关系?"但见乌衔纸",乌鸦嘴巴里咬着一张烧剩的纸钱飞过去。寒食节在清明前一两天,所以乌鸦会咬着清明节扫墓以后烧剩下的纸钱。看到书法作品里的"乌衔纸",尤其是"纸"的时候,有没有感觉到他的笔锋变了?像刀子一样很锐利。他这个时候其实非常痛苦,我们仿佛能够从字迹中感受到他悲哀的心情。写"破灶"的时候,他有一种落寞、敦厚,可是写"乌衔纸"的时候,他是非常锐利的。这也是为什么这个帖在书法上非常受到推崇,因为很少有书法家将毛笔的笔尖到笔根全部用到。

"君门深九重",这里有点像回到孩子的天真去写字了。"衔纸"那尖锐的笔画直接拉下来,后面跟了一个"君"字。这个"君"字,大概是和他最有关系的。他一直觉得自己对朝廷忠心耿耿,在王安石变法的时候,一直论辩新法得失。苏轼其实不是不同意王安石的主张,他是觉得王安石太急,这样的新政会让老百姓更辛苦,因为要交那么多的税,老百姓会受不了。然而,当时宋神宗急于变法,希望国家能够富强,苏轼书陈变法弊病,受到排挤,自请到外地任职。这个时候他内心对"忠心耿耿"其实有很大的矛盾：作为儒家的一分子，尽忠是重要的事情，可是"君门深九重"，皇帝这个时候不见他，所以他无法尽忠。

接下来苏轼想尽孝，可是"坟墓在万里"。他祖先的坟墓在四川，所以清明节他连回去扫墓都不行，也无法尽孝道。因此他看到"乌衔纸"的时候，笔画变了，有一种凄凉的感觉。

"也拟哭涂穷"，"涂穷"就是道路到了尽头，生命到了这样的状态，他很想学"竹林七贤"中的阮籍，无路可走时便大哭一场。可是"死灰吹不起"，自己的心境已经一片死灰，连哭的激情都没有了。

我还是很希望大家有机会看一下《寒食帖》中毛笔是怎么运行的。那种不再一味表现锋锐或是工整的、柔的美学，里面含着很大的力量，我们叫"绵中裹铁"，外面看起来软绵绵，可是里面有刚硬的东西。

苏轼这一时期的书法有了大的变化，不再写以前那种卖弄的线条。《寒食帖》写得几乎像一个人脸上的表情。"右黄州寒食二首"，苏轼写到这里，连名字都没有签就结束了。看完《寒食帖》以后，再来读苏轼在黄州所写的其他一些重要的作品，大家应该会有不同的感觉。我想它是一个创作者在中年时非常重要的心境转变，从这之后我们会发现苏轼有更大的包容与豁达，尽管他此后的命运并没有比从前更好。对皇帝来说，每一次贬官是对苏轼的惩罚，可对苏轼来讲是人生难得的"赏赐"，因为不贬官还不会到这些地方。

苏轼每到一个地方都在发现新的东西。到了岭南，别人觉得这是活不下去的地方，他却说荔枝很好吃，"日啖荔枝三百颗，不辞长作岭南人"，他在生活里发现活着的美好，他把惩罚变成了祝福。对于外在的、客观的惩罚，如果有一念之转，可能会发现没有事情是完全悲苦的。后来，苏轼又到了海南岛，认识了一些当地的原住民，他的生命一直在开阔。

重要的是活出自己

苏轼以一种开放的心态、一种开阔的个性，树立起自己的生命典范

文学史上的苏轼以一种开放的心态、一种开阔的个性，树立起自己的生命典范，这个生命典范让我们知道其实文学重要的是活出自己。

最后，我们看苏轼的《水调歌头》。这首词是他在中秋节写给弟弟的。

水调歌头❍

丙辰中秋，欢饮达旦，大醉，作此篇，兼怀子由。

明月几时有？把酒问青天。不知天上宫阙，今夕是何年。我欲乘风归去，又恐琼楼玉宇，高处不胜寒。起舞弄清影，何似在人间。 转朱阁，低绮户，照无眠。不应有恨，何事长向别时圆？人有悲欢离合，月有阴晴圆缺，此事古难全。但愿人长久，千里共婵娟。

"明月几时有？把酒问青天。不知天上宫阙，今夕是何年"，李白的诗里也经常出现这些自在的元素，可是苏轼没有李白那么孤傲，他很温暖。"我欲乘风归去，又恐琼楼玉宇，高处不胜寒。起舞弄清影，何似在人间"，他或许觉得自己是天上的仙，要回到天上去。人世与天上可以这

❍《水调歌头》，词牌名。相传隋炀帝开汴河时制《水调歌》，唐人演为大曲。大曲有散序、中序、入破三部分，截其歌头(中序第一章)，故名。又名《元会曲》《凯歌》《台城游》等。双调九十五字，平韵。

样转换,给人以自由、随意的感觉。

接下来,诗人从月光的角度去描写:"转朱阁,低绮户,照无眠。"月光穿过了红色的楼阁,照进了雕花的窗户,照在失眠的苏轼身上。"不应有恨,何事长向别时圆?"他在调侃明月吧?说你不应对人有所憎恨哪,为什么会在人们分别时圆满呢?对于生命的无常,我们根本无从了解,这时他带出了最直接的句子:"人有悲欢离合,月有阴晴圆缺,此事古难全。"宋朝直接触碰了生命的无常性,他们不避讳这个话题,可是也不因此而悲哀。对于生命"空"和"无常"的状态,苏轼直接去写,完全不做任何的修饰。到了结尾,他写出"但愿人长久,千里共婵娟",表示他还是有愿望,他不会因为无常而变得沮丧、绝望,这和五代词是非常不同的。所以我们说,苏轼建立了北宋另外一种开阔,另外一种豁达。

第二章

从北宋词到南宋词

蒋勋说宋词 下
从苏轼到辛弃疾

具备美学质量的朝代

宋词有一种很奇特的对于生活的享受
或者是欣赏的品位

在讲南宋词之前,我们先谈谈三位生活在宋朝的词作家,他们分别是秦观、周邦彦和李清照。

我们知道,宋朝是一个特别具备美学质量的朝代,它不那么强调战争和武力,而是积极地去建立文化。当我们以过去比较传统、保守的历史观来看待宋朝的时候,常常会认为其"积弱不振"。可是,我想今天全世界对历史观都进行了调整,认为人类能够避免战争,处在和平的状态,对促进文化进步,是一件非常重要的事。正因为这样,宋朝的文化观在现代也具备特殊的意义。

宋词有一种很奇特的对于生活的享受或者是欣赏的品位。在历史发展中,我们可以看到,当人类不把自己的心血、精力、钱财用在战争上,而是转到文化上的时候,可以发展出非常正面而惊人的力量。

雾失楼台，月迷津渡

如果一个人处在生命的紧张或者恐慌中，
处在对功利的焦虑或者期待中，
他会看不见雾，看不见月

很多文学作品赏析中会提到秦观的八个字：雾失楼台，月迷津渡。那么秦观到底要传达什么意思呢？我们都见过雾，可是他用了一个"失"字，有点"迷失"的意思，好像感觉到雾在楼台里飘荡，仿佛在找什么东西，可是没有找到之前，会有一点失落。他把雾作为主语，好像雾失落在这样一个楼台，在等待什么，寻找什么，渴望什么。其实是他自己在渴望，可是他把主语由"我"换成了"雾"。如果不是一个和平的年代，如果不是一个文化对于人性有更高启发的年代，大概不太容易出现"雾失楼台"这样的句子。

"月迷津渡"，古代把河流的渡口叫作"津"。我们也常常坐渡船，可是秦观坐渡船的时候，忽然感觉到月光好像迷失在渡口，迷失在河面上。和雾的现象一样，他觉得月光好像在找什么东西，在眷恋什么，所以用"月迷津渡"。

"雾失楼台，月迷津渡"的关键在于两个动词，一个是"失"，另一个是"迷"。秦观把生活里好像很纷乱的现象变成了诗意的感觉，他把自我介入了。今天我们身处的环境中也许可以感觉到"雾失楼台，月迷津渡"，可是我们感受它们的心境没有了。如果一个人处在生命的紧张或者恐慌中，处在对功利的焦虑或者期待中，他会看不见雾，看不见月，看不见雾在楼台上弥漫，也看不见月在津渡上徘徊。

其实诗词应该产生在生活的某一个情境中，这个情境可能在二十四小时里会有一分钟、两分钟，在刹那有灵光一闪，如果二十四小时都出现，那大概也很麻烦，会觉得从诗词回不到现实了。

音乐性与文学性

苏轼能够把词从音乐性里面释放出来，摆脱掉音乐性的牵扯

北宋词和南宋词之间最大的不同，关键在于秦观、周邦彦和李清照。李清照对苏轼有很重的批评，她说词本身有音乐性○，若要填词，就要把某个字放进某个音当中，可是苏东坡这个家伙填词连音韵都不管，常常不协律。周邦彦和李清照都是精通音律的人，尤其是周邦彦，他本身是一个音乐家，可以"自度新腔"，比较之后，他会认为之前的苏轼，甚至更早的欧阳修或者晏几道在音乐性方面都不够准确。

我们知道词由两部分组成——文学和音乐。从音乐来看一首词，还是从文学来看一首词，会产生不同的评价。我们下面会讲到姜夔的《长亭怨慢》，大概在广东的语言当中还可以唱，还保留了一点音乐性，其他的大概都没有保留了。然而，阅读的感觉和听歌曲的感觉是截然不同的。

后人把周邦彦比为杜甫，认为周邦彦是宋词的一个集大成者，称他是

○参见《词论》，李清照作。李清照针对以苏轼为代表的豪放派词的创作和观点，乃作此文，批评晏、欧、苏之词（"句读不葺之诗"）。该文提出词"别是一家"，即词作为一种独立的文学体裁应有其自身的特点及创作标准的观点，并具体总结出其特点：高雅，反对以俚词俗语入词，主张作词应"尚文雅"，要有文人的清高情趣与格调；典重，认为作词应当端庄典雅，不宜轻佻；浑成，重视词的整体性效果，认为词应有整体的意境，浑然一体；协乐，作词要严格遵守五音六律与清浊轻重；铺叙，认为词要注意铺陈，主张长调慢词；故实，即运用典故来增加词的典雅、充实作品的内容。

"两宋之间,一人而已",即北宋和南宋最好的词家就是周邦彦。这是从音乐的角度来讲,是指周邦彦的词在音乐性上的准确。

我们现在是在讲文学史,是在讲文字的美学,其实有一点避开了音乐的美学,可是我们不要忘记诗和词的音乐性是非常重要的。我们以后会讲元曲,元曲的音乐性和文学性结合得很紧密,在舞台上有动作来配合唱腔,所以元曲的剧本不是为了供人阅读,它是演出的脚本。

如果从文学性上来讲,苏轼很可能比周邦彦还优秀。李清照批评苏轼"不协音律",可是所谓的不协音律,是因为苏东坡根本没有想到以音乐传世,他想到的是以文学传世,所以他创作的东西是阅读性的。或者我们反过来讲,苏轼使词的文学部分脱离了音乐的束缚。

周邦彦和李清照在北宋末期非常执着于词必须回到词的本身,李清照甚至认为如果词写得像诗是不对的,因为词本身有词的规格,词就是要和音乐有一个复杂的配置关系。李清照大概是最早对有关词的理论提出很多观点的,她有自己独立的观点和判断力。但是我仍然很欣赏苏轼能够把词从音乐性里面释放出来,摆脱掉音乐性的牵扯。

我们可以通过五四运动前后所谓的现代诗或者新诗来做比较,会发现大多是阅读性的,它和音乐性的关系几乎脱离了,听觉性的部分被拿掉以后,会产生另外一种效果。像是我们看到有一些诗人是很讲究视觉性的,台湾早一辈的诗人像林亨泰、白萩等人就做过很多视觉诗的实验,例如白萩这首《流浪者》的节选。

望着远方的云的一株丝杉
望着云的一株丝杉
一株丝杉
上线平地在杉
上线平地在杉丝杉

　　这首诗从竖排到横排，都会产生视觉性。因为汉字可以排列，所以有所谓"图像诗"的概念。我们看到诗词创作的可能性其实非常大。

　　但如果要把现代诗拿来朗诵，就必须确定"念"在听觉上能产生一定的意义，它在广义上还是有音乐性，但又不一定是平仄或者说入声、上声的问题。在咬字的过程当中要让这个音韵产生一定的跌宕，或者产生一定的传达性。关于诗的视觉性和听觉性的问题，我们可以在北宋词和南宋词之间做一个考量。

文学的形式有时代性

文学有它自己的时代性，也就是在某个时代里面它特别擅长以某种形式来表达

经过周邦彦和李清照等人的努力，词被定位成文学上的一个特定范畴。它与诗是不同的文体，不能混淆。苏轼最好的句子常常是词，而不一定是他的诗，可是苏轼其实写了很多诗。我们会发现，在北宋和南宋，词变成主流，诗不再是主流。有点像元代曲变成了主流，可是元代也有很多人写词。

文学有它自己的时代性，也就是在某个时代里面它特别擅长以某种形式来表达。文学刚刚萌芽的时候，形式是不稳定的，李清照和周邦彦致力于整个北宋词的整理，并把北宋词提炼成为一种形式。从五代到北宋初年，词在它的摸索阶段，这个时候一种文学体裁的创造力反而是最大的。它常常是有感而发，但是由于还没有找到一个适当的形式，作者试图要把他的情感放进这个形式里的时候，就会产生矛盾和尴尬，而这个矛盾和尴尬也就是李清照与周邦彦所讲的"不协音律"。

例如，苏轼的《江城子》："十年生死两茫茫。不思量，自难忘。千里孤坟，无处话凄凉。"它是口语化的，我们念起来朗朗上口，会觉得它没有经过特别雕琢。可是到周邦彦和李清照的时候，他们太讲究字和音之间的关系，形式已经完美化了。而形式一旦完美化以后，我们假设所有写词的人在十几岁刚刚开始要练习写词时，就读到了李清照批评苏轼的文字，他就会很在意：我不可以像苏轼那样"不协音律"，他就会先入为主，让形式超过了内容。

第二章　从北宋词到南宋词

形式上的完美主义者

那是生命在发生这个事件的时刻，
知道应该以文学或者艺术的方式来面对生命的状态

  北宋后期，大概在宋徽宗继位前后，的确是承平太久，因而在文化的创造力上激发不出原创的、巨大的力量，它常常会变成在形式上讲究完美。因此，拿周邦彦或者李清照去比较苏轼等人，其实是不公平的。当然李清照有她的特质。第一，她是女性，在封建历史当中，难得有女性这么有自信地以女性的美学建立起自己的文学观。很多人把她和建安时期著名女诗人蔡文姬比较，我觉得基本上不同。蔡文姬是因为发生了事件才有了《胡笳十八拍》，她的作品是事件性的；可是李清照是在整个文学的锤炼上根基都表现很好。以词的专业来讲，李清照是一个大家。可是我们也不要忘记李清照是跨了北宋和南宋的，她的作品还是表现了时代的动荡，也是有事件性的。

  李清照的《金石录后序》是一篇非常动人的文章，叙述她嫁到赵明诚家后的经历。她和丈夫有共同的兴趣，在文学上可以讨论问题。当然，从文章里面我们能看出李清照的家里给了她很好的教育，过去的多数女性大概没有这么好的条件。这篇文章是李清照在宋室南渡之后对她与赵明诚共同生活的回忆。他们慢慢收藏了很多重要的古书、文物，后来，赵明诚死了，她自己带着这些东西往南逃。通过这篇文章我们看到李清照也碰到了"事件性"。

  在词作家当中，周邦彦的确是一个形式完美者。我觉得艺术形式上的完美者，往往不会在大众当中有很重的分量，通常只会在专业范围内被讨论。对大众来讲，看一张画，读一首诗，是不希望知道那么多理论的,若要知道理论才会觉得这首词或这张画很好,毕竟有一点累。苏轼的文学是从来不需要理论解释的,不需要读完一篇论文我们才知道《念奴娇》这么好,只要读到"大江东去,浪淘尽,千古风流人物",就会被他的文字感动,这时内容就比形式重要了。可是我前面也提过,内容主义者的"内容"不是自己刻意而求的,例如亡国或坐牢,那是生命在发生这个事件的时刻,知道应该以文学或者艺术的方式来面对生命的状态。

介绍了三位生活在宋朝的词人之后,接着要进入对南宋词的介绍了。首先要提到的是南宋词的一个代表人物——姜夔,他在形式上极度要求完美,他可以把文字雕琢到有点像是在雕一件精致的玉器,给人晶莹剔透的美感。可是对大众来讲,要进入姜夔的世界非常难。什么叫作"冷香飞上诗句"?他在追求一种感觉上极度细腻的经验,把文字雕琢到像珠玉一样细腻,这是他的优点,同时也是他的缺点。以我个人来讲,我绝对是"苏辛派"的支持者。所谓的"苏辛"是指苏轼、辛弃疾,我感觉到他们文字的豪迈,有一种直接的生命力量,而对于姜白石(姜夔),感觉他的字句好雕琢。可是姜夔在锤炼字、声音、句子之中是有所贡献的。

阳刚与阴柔没有高低之分

有时候生活里面只是小小的事件，
只能令人发出一种低微的眷恋和徘徊

在偏安江南的朝代，像姜夔这样生活在江南的人，并没有选择像辛弃疾那样努力要北伐中原，唱出那种巨大的声音，而是选择退下来去经营自己小小的生命空间。

此外，秦观是"苏门四学士"之一，非常受苏轼的赏识。后来苏轼被下放到南方，他们有一段时间没有见面。苏轼得罪当朝时，他的门生或者朋友往往一起被贬，秦观也总是被牵连。苏轼的贬官下放常常变成他挑战自己豁达的一个方式，越贬越看到他的豪迈，越看到他生命的宽阔。可是毕竟不是所有的生命都如此，秦观有时就会让人感到他很哀怨，没做什么，却老被贬官，只是因为和苏轼较为亲近。所以秦观的作品里面有一种幽怨，那种幽怨很难解释清楚，为什么是"雾失楼台"，为什么是"月迷津渡"。在他的词句的意境当中，我们会觉得大自然中的一切都是在迷失的状态，可是对于迷失他又不像苏轼那样有大的愤怒或者大的激情，他常常只是低低地哀叹。这低低的哀叹被苏轼看到了，就批评秦观说："不意别后，公却学柳七作词。"意思是说他有一点忸怩作态了。

也许在我们年轻的时候，就像我，个性上是倾向苏辛的，倾向于诗词豪迈和阳刚的部分。可是如果我们今天很公正地从美学本身来讲，阳刚的美和阴柔的美是无法判定高低的。我们的生命有时会有一种大时代的辽阔，要去发出大的声音，可是有时候生活里面只是小小的事件，只能令人发出一种低微的眷恋和徘徊。在美学上，大与小只是两个中性的名称，并没有好坏的意思。

我总提到自己年轻时喜欢的那一类文学,像李白式的,像苏轼、辛弃疾式的,你会看到它们有一个系统,这个系统常常是走出书斋的,把生命置放在大山大河当中,去历练出生命的情操。他们和我们现在讲到的秦观、李清照、周邦彦是不一样的,后者是在书房、书斋当中。像李清照,在那个时代中女性能够到的地方其实非常有限,她可能连柳永等人能够到的歌楼、酒楼都不能去,所以她的文学和对生命的理解当然会受限。像辛弃疾作品里面关于沙场的经验,或者流浪的经验,李清照不可能有,如果用这个来要求李清照,其实就不公平了。

一旦讲求形式，
也就是没落的开始

高峰之后一定要下坡了，
下坡时期的重要表现就是它开始雕琢形式

希望大家可以了解，北宋词转到南宋以后，它势必发展成形式主义的状态。而且从词的历史来看，一旦开创性的时代过了以后，就要开始去锤炼它的形式美，这也是它没落的开始。词这种形式如果已是强弩之末，一定会有一个新的东西代替它，这个新东西就是戏曲。

在南宋的时候戏曲已经开始萌芽了，只是到元代的时候才真正成为主流。关汉卿、马致远这些人代替南宋的词作家，成了新的文学创作者。元曲与表演艺术、音乐性产生了更大的结合，也就是说，一首词，或者一支曲，已经不只是个人写完就完成了，它必须交到其他人手上，经过伶工唱腔和动作表演的诠释才算完成。所以，如果只是看关汉卿的《窦娥冤》剧本，大概不会有那么多的感动。

中国的诗词在元代开始与表演结合，文学过渡到了戏剧。个人创作若能够采用表演的方式与大众交流，就会流传更广。像明代的汤显祖，他亲自指导戏班演《牡丹亭》的时候，每一个句子写完立刻就叫演员唱给他听，做动作表演给他看。汤显祖不只是一个诗人，甚至还是一个导演了。

唐朝的诗人在酒楼上唱《将进酒》，只要自己拿着筷子敲着酒杯就可以唱起来；可是到词出来的时候，就必须把句子交给乐工和歌女，弹着琵琶或其他乐器唱出来；到了元代、明代的时候，不只是歌手，还要有严格受过戏剧训练的演员，由他们来表达，所以越来越复杂。过去很少有人从这个角度去看中国的诗词史，因为我们只是用视觉在阅读它，所以有时候不太容易了解作者为什么这样写。

我们今天看北宋词过渡到南宋词的转变,一定要回到那个时代的立场去理解它,才能给它定位,不然就会觉得词在没落,当然词过了自己的高峰期后,自然也会没落。什么叫作高峰?文学的形式和内容达到最平衡的状态是它的高峰。它有一个草创时期,然后到高峰,高峰之后一定要下坡了,下坡时期的重要表现就是它开始雕琢形式。姜夔等于南宋词的一个收尾,气力微弱了,格局变小了。但这也是因为他就在杭州西湖岸边,他当然无法写出像天山风光或塞外体验这样大的东西。

周邦彦观察一片荷叶上的露水,那些露水在阳光出来以后怎样慢慢干掉,一片一片的荷叶又是怎样刚刚从水面升起来,"水面清圆,一一风荷举",周邦彦写很小的空间,可是有它的意义,也有它的价值。即使在今天,有时候我们去感受一下"雾失楼台",感受一下"月迷津渡",会发现那是我们所处的这个时代里一种美学上的品格。

向两极发展的美学品格

文化的创造力其实在于
它是不是有对于心灵空间的尊重

美学的品格会往两极发展。一部分是要在一个好像受压抑的时代里面努力去发大的声音、高亢的声音,可是另外一部分觉得"我认了,我就是一个小小的格局",它就发展出另外一个东西。这是两种美学,将来就看这两种美学究竟哪一个会领先。

文学、美学其实和它的时代之间有非常必然的关联。我们大概不能够要求一个艺术创作者勉强发出他自己内心没有感觉到的那个部分。例

如,辛弃疾的声音虽然很豪迈、很辽阔,可是如果拿辛弃疾和李白来比较,会觉得最大的不同在于李白背后有一个大唐。打个比方,帕瓦罗蒂(1935—2007)要发高音很容易,因为他的底气很足;但辛弃疾的底气是不足的,所以发出的声音很凄厉。当底气不足,高音发不出来的时候,声音就会变得很凄厉。其实辛弃疾的词作,仔细去听,他写送荆轲,"易水萧萧西风冷,满座衣冠似雪",里面都是凄厉。虽然有"壮"的部分,可是那是悲壮,好像隐约感觉到那个声音要发到那么高好费力。这也许就是最后姜夔去唱那种小小的歌声的原因。所以,南宋词成了一种比较细微、比较封闭、有一点无力感的内在世界的美学。

南宋时期,国家北方有金和西夏,打仗都来不及,可是南宋文人在西湖边写出了最美的文学,创作了最好的绘画。就像东晋王羲之写出了最好的书法,顾恺之画出了最美的绘画,从中我们会发现文化的创造力其实在于它是不是有对于心灵空间的尊重。文化可以避开现实的一些限制和束缚,可以有极大的突破性,在心灵上产生很大的自由。所以我们看到,在历史上,东晋的文化、南宋的文化,也就是所谓的偏安朝代的文化,都超过北朝。北朝常常忙于战争或者现实政治,它在文化上没有办法赢过南朝(偏安朝代)。从"竹林七贤"到王羲之,再到今天我们讲的南宋,我们再一次看到偏安的这些朝代当时在文化上重要的创造力。

第三章

秦观、周邦彦

蒋勋说宋词 下
从苏轼到辛弃疾

优雅文化的发达

在一种和平、稳定的政治状况当中，
这个时期可以去经营文化了

    宋朝后来的帝王开始追求一种文人的优雅，在服装上就和唐朝的帝王非常不一样。宋太祖本身是武将出身，却以"杯酒释兵权"○来防范军人，反而对文人有一种特别的尊重。也因为这样，他自己所有的服饰、品貌都追求一种淡雅和素朴，这明显带动了整个社会风气。

    宋朝是怎么从开国时的一种军人文化，慢慢转变出它优雅的部分来？台北故宫博物院曾很难得地展出了宋真宗皇后的像。她的帽子上镶了很多珍珠，那种镶饰是很华丽的。她坐的椅子贴着金箔，旁边垂挂流苏，非常讲究。在宋朝，女性与男性的文化有一点不同，文化中华丽的部分常常放在女性的文化里去发展。这一类作品大概是台北故宫博物院最不常展出的，因为它破损得严重，上面又贴了纯金箔，是当时宫廷里面贵重的东西。

    宋真宗时期是一个关键的时代。宋太祖、宋太宗时期都有开疆拓土的内容，宋太宗完成了统一，把吴越和北汉灭掉了。宋真宗的时候有"澶渊之盟"，这个和约使得北宋延续了一百多年的安定，没有出现大规模的

○指宋太祖赵匡胤以和平方式解除将领兵权的事。建隆二年(公元961年)，宋太祖召集禁军将领石守信、王审琦等宴饮，以高官厚禄为条件，解除了他们的兵权。开宝二年(公元969年)又以同样手段，解除了藩镇节度使的兵权，以加强中央集权统治，防止分裂割据。

战争，促成了北宋的相对稳定。宋真宗之后，到宋仁宗、宋神宗时期，才有真正的最繁荣的文化被创造出来，开创一个和平的百年是非常不容易的事情。

宋仁宗时期大概是宋朝最繁荣的时代，也是欧阳修、苏轼、范仲淹等人生活的时代，文化水平非常高。在一种和平、稳定的政治状况当中，这个时期可以去经营文化了。

宋朝文化的高潮是在宋徽宗时期，不仅是书法，器物的制作也达到了巅峰状态。北京故宫博物院有一幅《听琴图》，有人认为描绘的就是宋徽宗的形象。宋徽宗的琴弹得极好，据说《听琴图》是送给他当时的一个宠臣的，上面有一些题字。宋徽宗穿着这么素雅的衣服，在皇宫的园林中，在松树底下弹琴，哪里感觉得到他是帝王。

台北故宫博物院的文物里面也有很特别的资料，例如宋与契丹的国书。宋朝是中国历史上少有的可以平等对待周边民族的朝代，彼此有使节来往。当然这是因为别人也很强，所以它不得不平等，唐朝就少有这种"平等"。台北故宫博物院的宋朝文物展让我们看到，宋朝非常懂得谈判，懂得签订和约，懂得怎样保持比较长久的和平状态。

当时的大理国（辖境相当今云南全省及四川省西南部等地）是独立国家，有一个画佛像的画工叫张胜温，他的作品也曾在台北故宫博物院展出过。张胜温可能是宋朝过去的画工，由于不打仗了，能够彼此来往。台北故宫博物院宋朝文物大展里的很多东西，会让我们重新去定位宋朝这个朝代，它同周边很多政权之间的互动关系非常微妙。张胜温的佛画的细节非常写实，这对于我们了解云南这个地区过去独立的文化和政治是非常重要的资料。唐朝把外族画得很丑，那些外族都是来进贡的。可是宋朝会保留一张来自和它平等的一个独立国家的画，现在很多人在研究这张画。

宋朝还出版了大量的书籍，开始使用活字印刷术。大约明朝时期，欧洲有人开始使用活字印刷，德国人谷腾堡用它来印《圣经》，比毕昇始创大概要晚了四百年。活字印刷推动了西方文艺复兴运动，而这种技术在宋朝时已经非常普遍。宋朝的文化和教育成就这么高，与书籍出版很有关系。

台北故宫博物院的宋朝文物大展非常用心，不仅展出了书法、绘画，还展出了很多宋朝的收藏品。我们通过展览才知道孟子的书在宋朝已经那么普遍，民间都在读了。唐朝的文人大部分还是贵族出身，如果家境不好就很难读书，可是宋朝的教育已经普及到了一定程度。

欧阳修当时收藏了很多古代的碑刻拓本，然后整理为《集古录》。李清照的丈夫赵明诚也写过《金石录》。宋朝对于古代文化有历史感，觉得这些东西不可以随便让它荒废，要把它收藏起来，而且做研究，这是历史学、考古学的观念。此外还有私人修史，如司马光用十九年的时间编撰的《资治通鉴》。我们过去对朱熹的印象也许是一个刻板保守的学者，可是看他的书法，笔力之雄强，气度之宏大，让人感觉到他在文化上的自信是非常惊人的。这些都说明宋朝的文化不可等闲视之，它有很不同于其他朝代的特质。

雕版的佛经在当时的民间也非常流行。五代十国中的吴越曾将佛经用木板刻出来，大量印刷。我们知道已有推测雕版印刷术的发明不晚于隋朝，我国现存最古老的雕版印刷品是《陀罗尼经咒》，可是其真正普及起来是在宋朝。因为当时不打仗了，可以把很多经费拿来做文化工作。印版先要一个字一个字雕出来，然后印刷，需要投入很多财力和人力。雕版印刷的文字、图绘书籍开始慢慢出来。在现今世界的拍卖市场上，宋版书的价格是非常高的。

宋朝整个民间对历史产生了兴趣，所以他们会仿制商周的古铜器。一个时代的文化如果具有历史感，它会发现改朝换代只是政治的改换，而文化是累积延续的。宋朝觉得要继承商代和周代的文化，他们会重新学习金文，学习铜器的规格，其中有很重要的文化象征意义。

砚台是文人在书房桌案上摆放的一个简单工具，它其实就是一块石头，可是古人会优雅到去寻找很美的石头。譬如说端砚，它有名不仅因为质地非常细，不伤毛笔的毫毛，而且它发墨。所以端溪里的石头——端石，就变成了砚台的一个重要来源。我们看它就是一块石头，文人借着这个砚台，却可以感受到石头与河流之间的关系。宋朝古琴保存到现在的已经非常少了。古琴的共鸣非常小，能够传达出去的声音不大。那是文人拿来修身养性的东西，换句话说，琴最重要的不是弹给别人听，而是弹给自己听。在弹琴的过程中去练习自己的呼吸，调匀自己整个气的流转，让自己能够定下心来，在自我世界中完成听觉上的沉静力量，让琴与自己的呼吸或者心跳之间产生奇特的交流。琴变成文人生活中必备的部分，它不是用来炫耀的，而是一种内敛的精神。

"桥畔垂杨下碧溪，君家元在北桥西。来时不似人间世，日暖花香山鸟啼。"这是南宋诗人吴琚的诗，他用非常漂亮的书法写出来，现在收藏于台北故宫博物院。大家看到的南宋词基本上是这样的调子。日暖、花香、山鸟啼，其实都不是大事。当然也有辛弃疾在写金戈铁马。太阳出来了，花在开，鸟在鸣叫，其实是把人放回自然里。我们从这个角度去看南宋的时候，会有比较不同的心境。

桃源望断无寻处

秦观也只是在寻找生命的定位时伴随着彷徨和徘徊，这使得他常常产生一种无奈

我们来看秦观的《踏莎行·郴州旅舍》。

踏莎行·郴州旅舍

雾失楼台，月迷津渡，桃源望断无寻处。可堪孤馆闭春寒，杜鹃声里斜阳暮。　驿寄梅花，鱼传尺素，砌成此恨无重数。郴江幸自绕郴山，为谁流下潇湘去？

秦观是"苏门四学士"之一，曾受苏轼牵连被贬官，遭遇蛮悲苦的。因为有这样的经历，所以秦观的作品中有一种孤独，有一点点低沉，有一点点好像讲不出来的愁绪。这种淡淡的忧愁，刚好是他的特征。

我特别用"雾失楼台，月迷津渡"这八个字，作为其作品的美学特征。秦观好像一直在找一个桃花源世界，一直在找一个他自己觉得最理想的领域，可是"桃源望断无寻处"，始终找不到，所以他其实是在一种迷失的状态里。第一次世界大战后，海明威等人被称为"迷惘的一代"，说他们有什么大悲痛，好像也没有。秦观也只是在寻找生命的定位时伴随着彷徨和徘徊，这使得他常常产生一种无奈。"桃源"象征了中国文人的理想。陶渊明认为那是个理想境遇，可是那个境遇是找不到的，所以"可堪孤馆闭春寒"，变成自己孤独地封闭着。

每个诗人都有自己最爱用的那几个字

单字本身是它真正的质感所在，
形成了特定的美学意义

    我们在阅读文学时慢慢会发现，句子本身可能是了解诗人的一个方式，可是更重要的是单字，我觉得单字本身是它真正的质感所在，例如，秦观常常用到"迷""失""闭""孤"这一类字，这些字本身就形成了特定的美学意义。譬如李白很喜欢用"金""歌""酒"这一类字，它们也会产生不同的质感。

    如果是另外一个诗人，他可能也会写"雾"，写"楼台"，写"月"，写"津渡"，可是不会用"迷"，不会用"失"。像是张若虚写《春江花月夜》，就没有用"迷"字。秦观用"孤"去形容"馆"的时候，那种客栈流浪者的孤独感马上就出来了。这里其实在讲告别，可是他没有明讲告别了谁，诗人有时候是借助一个事件（可能是真的与朋友告别而去写词），但是真正写的东西是生命里面比较本质的流浪意义。所以我们常常说，文学里的流浪意识是一个生命的自我放逐性，它并不特指某一次与某一个人的告别和流浪。

    "杜鹃声里斜阳暮"，这是对一个情景的描绘，感觉到春天的寒冷与落日的余晖，有一点哀伤。大家可能会感觉到秦观的哀伤都不重，全是淡淡的，好像他生命里面就是淡淡的哀愁。后面大家会越来越体会到他生命中的无力感和无奈感，他都没有讲造成自己悲痛的具体事件，只是描摹心情。

    "驿寄梅花，鱼传尺素"，通过驿站去传送梅花。汉乐府《饮马长城

第三章　秦观、周邦彦  049

窟行》里有"呼儿烹鲤鱼",其中的"鲤鱼"是用木雕的鱼做的函,然后把写在尺素上的信藏在这个鱼函当中,所以"鱼传尺素"是在讲信。和朋友告别后,会投寄书信来进行联络。"砌成此恨无重数",一封一封的信只是堆砌成更大的遗憾,更多的恨,更多的哀愁,因为不能见面。

"郴江幸自绕郴山,为谁流下潇湘去?"秦观一直来往于客观与主观之间。客观的是什么?郴江和郴山,可是"为谁流下"是主观的。一开始的"雾失楼台,月迷津渡"就有把客观转成主观的意义。生命里面一刹那出现诗的情感,常常是因为我们发现所有看起来无生命的东西全部在此刻变成有机的、有生命的状态。一朵花的开放,一只鸟的鸣叫,一次潮水的上涨,一条河流的流去,都会变成与心情之间的对话关系。

"流下潇湘去"是告别,可是"绕"本身是眷恋,所以当我们看到"郴江幸自绕郴山"的时候,那个"绕"本身已经有情感在里面了。"绕"是诗人用字的一种讲究,我们可以说"绕"是客观的,可是诗人在这里讲"绕"时有缠绕的意思,那它就不是客观的,而是变成主观的了,似乎那条河流正在无限深情地绕过那座山,去环抱那座山。从中我们可以看到在文学里面,字和句的运用本身如何去跨越主观与客观。

"潇湘"在古典诗词里是非常具有典故性的。上古时代舜的两个妃子,因为夫君之死而流泪,眼泪斑斑点点地留在江两岸的竹子上。据说我们现在看到的湘妃竹上的斑点,就是她们的泪痕。郴江最终汇入湘江,好像汇聚成一种浩荡的女性泪水的哀愁。

"大典故"

在文学里用得最好的典故是化掉的典故

我们在阅读诗歌的时候,常常会感觉到背后有很多典故。我们前面说过,历史中的改朝换代,一朝一代可以切断,可是文化永远是延续的。例如,只要碰到"潇湘"就会想到它的象征意义。两千多年来,《楚辞》里赋予"潇湘"的意义,延续到秦观写的"潇湘",延续到《红楼梦》里林黛玉住的"潇湘馆",黛玉这一世就是来还泪水的,而她写诗的时候也自称"潇湘妃子"。我称这些为文化传统。汉字的传统,包括我们自己的名字在内,构成了延续的力量和重叠的力量,这个部分如果不被看到,我们就不知道生命真正延续的是什么。例如"桃源",它是文人在战乱中对于"理想国"的憧憬,后来变成了传统,到了秦观还在讲"桃源"。

李清照认为秦观不太会用典故,可是我觉得典故并不像李清照讲的那么绝对。在文学里,有的典故会变成"大典故",具有更广大的意义。例如"大江东去"就是一个大典故,在这里水变成了象征。就像孔子在水边说"逝者如斯夫,不舍昼夜",后来大家都用水作为象征。"自是人生长恨水长东""问君能有几多愁,恰似一江春水向东流",也是在用水作为象征。

李清照的《词论》是她在年轻时写的。从中可以看到女性大胆独立的个性,可是有时候也有一点过头,例如她批评苏轼"不协音律",说苏轼的词句"句读不葺",还认为秦观作品中典故用得不多。然而,我认为在文学里用得最好的典故是化掉的典故,例如我们读到"潇湘"的时候,不见得要清楚它的内涵,因为这两个字本身就形成了一个意义,给人一种深

情与哀怨的感觉。

在白话文运动中,胡适所主张的"八不主义"里有一条就是拿掉典故。可是我觉得文学不可能完全拿掉典故,像"自是人生长恨水长东",它似乎不是典故,但又是典故,因为它把水的文化放进去了。这样的典故我称之为"大典故",它不是狭义的。

《踏莎行》里面的"津渡"有没有典故的性质?我们常常讲生命的渡口,这里的"渡口"本身就有象征意味。"桃源"很明显也是典故,"桃源望断"就是一直等待着、眺望着桃花源世界,只是找不到。"桃源"可能还是属于东方文化的典故,不太能直接翻成"桃"和"源"各自对应的英文,而要用"乌托邦"一类的表达。《乌托邦》是英国人托马斯·莫尔(Thomas More,1478—1535)描写最美好、最理想的虚构世界的一本书。典故有时有地理上的限制,有时却可以扩大,像"津渡""水",我觉得它们可以变成世界性的典故了。但是"桃源"可能还是有它的地域性。

沉溺之美

有一种美正是沉溺的，属于颓废主义的范畴

下面这首《浣溪沙》是秦观流传很广的一首词。

浣溪沙

漠漠轻寒上小楼，晓阴无赖似穷秋。淡烟流水画屏幽。　自在飞花轻似梦，无边丝雨细如愁。宝帘闲挂小银钩。

从李清照的角度来看就会觉得这首词太不工整，而且没有用到典故。可是秦观其实就是在讲自己非常微不足道的一个感觉。他只是在讲一种闲愁，一种无事的状态。"漠漠轻寒上小楼"，上楼算一个事件吗？天气有一点淡淡的寒冷，秦观用"漠漠"形容"轻寒"，他的词都在传达生命经验中一种淡淡的迷失的状态。"漠漠"和"迷""失"意义是相类似的，"漠"本身的发音、形态和内涵，都是一种不清楚的状态，就像秦观的愁绪一般。他的不开心没有特殊原因，就是在"漠漠轻寒"中走上楼去。

在宋朝的文学里，"无赖"是常常被用到的一个词，有点"慵懒"的意思。我对它的比较口语化的翻译是"好像什么都提不起劲来"。其实我们生命里面是有这样的状态的。"晓阴"，早上起来天气阴沉沉的，不是晴也不是下雨的那种。刚才讲的"无赖"可以形容人，可是这里的"无赖"又像形容天气。"似穷秋"，好像秋末的感觉，淡淡的。

我们要把一个不像感觉的东西写出感觉，其实非常难。我们常常会觉得"十年生死两茫茫"感人，可是它背后有一位已经去世十年的妻子，有一个事件在引发心情，它是有所依附的。也许我们常常觉得某一种心情很怪,却不晓得怎样去确定它,怎样用文字把它表达出来。那大概就是秦观这种淡淡的忧伤。

"淡烟流水画屏幽",淡淡的烟,有一点像"雾失楼台"。可是,这里的"淡烟"和"流水"都不属于自然界,而是诗人床边画屏上的。宋朝人常常用屏来分隔房间,上面通常有山水画。所以秦观看到的"淡烟流水"是屏风上的画,非常幽雅、非常素淡的一幅画。他始终就在自己的房间当中,有一点烦闷无聊,生命不能扩展出去,或者说是一种沉湎、沉溺的状态。

有一种美正是沉溺的,属于颓废主义的范畴。李白的美不沉溺,但李煜、李商隐和秦观的美,都有一点沉溺。秦观最沉溺的句子是"自在飞花轻似梦,无边丝雨细如愁",把一个庸常的情境定位得这么清楚。"飞花"是一个现象,但是"自在飞花"产生的感觉就不一样了。可是如果只有"自在飞花轻"这几个字,还不能表达飞花产生的迷离,这种迷离好像是诗人对自己前世的回忆,于是"梦"这个字出来了。梦好像可以琢磨,又好像不能琢磨,白居易也有"花非花,雾非雾,夜半来,天明去"的诗句,这又是一个典故。白居易已经在讲这种感觉了——"来如春梦不多时,去似朝云无觅处",秦观写"自在飞花轻似梦"的时候不一定会想到白居易的诗,可是这个意境已经进到他的血液里,自然就出来了。

《红楼梦》里面也有类似的情况。例如写春天到了,花在飘落,黛玉心生感伤,一边葬花一边唱出了《葬花吟》:"花谢花飞飞满天……""花谢花飞",两个"花"字中间隔了一个"谢"字,可是"飞"和"飞"连在一起,节奏是加快的,两次重复"花",两次重复"飞",形成了这七个字主要的节奏和力量。从白居易到秦观,再到曹雪芹,他们用的元素是一样的,白居易用"花""梦"这些字眼,秦观也用,曹雪芹也用。三个相隔这么久的人的作品——一个是唐诗,一个是宋词,一个是清代的小说,这些元素的变化只是一点点。所谓创作,就在于和古人的像与不像之间,它有所继承，可是又必须是变化的，这就是文化传统。

"无边丝雨细如愁"，春天江南的细雨，好像有，又好像没有，丝丝飘落。其实雨和愁本来是无关的，可是雨和细有关，和丝或像丝一样的东西有关。唐朝李商隐写"春蚕到死丝方尽"，其中的"丝"变成了一个象征，变成了愁绪，变成了牵连不断。李煜讲"剪不断，理还乱"也是以丝为喻。秦观再一次把"丝"拿来作为象征去讲愁绪，从图像连接到心情。他必须确定是丝雨后，再用"细"去形容雨，再把"细"连接到"愁"，其中有词的逻辑。

再造美学空间

文人好像很满足于自己小小的书房空间

"自在飞花轻似梦,无边丝雨细如愁"讲出了一种很奇特的心情,似乎一读到这样的句子,就会回想起自己在春天来的时候,在蒙蒙细雨中有过的落寞——不是快乐,也不是不快乐,是介于两者之间的一种很难形容的感受。它被"自在飞花"和"无边丝雨"形容出来了,它和苏轼写的"大江东去,浪淘尽,千古风流人物"是不同的感觉。其实苏轼的那种辽阔、壮大的感觉,我们反而不那么容易碰到,而"自在飞花""无边丝雨"却是我们身边常常有的,容易被感觉到。

"宝帘闲挂小银钩",这个结尾非常有趣。古代的床是用帘子围起来的,不用时便拿银钩随便挂起。秦观始终没有离开自己的床,没有离开自己的房间。所有外面的景象,包括"无边丝雨"和"自在飞花",都是他隔着帘子、隔着窗户看到的。

上阕结束时,他在屏风旁边;下阕结束时,他在床上。我们看到这时候的词与北宋开国时不太一样了,文人好像很满足于自己小小的书房空间,桌案上有一个砚台,一些书卷,或者一些画,等等,这个书房空间也变成文人自己再造的一个美学空间。能够大众化的、比较平淡的情感定位,必定在文学上是有意义的。它与庸俗化的方式,尤其是商业化的方式,还是应该隔离一下。有一年,我到日本,在饭店旁边有一条种满樱花树的小路,我走在那边,当花瓣掉落一身的时候,就想到"自在飞花轻似梦,无边丝雨细如愁"这两个句子,它其实是美学经验当中一个共通的东西。对于风花雪月的美学理解,我想有助于我们对秦观的定位。

小楫轻舟,梦入芙蓉浦

周邦彦的东西似乎予人以某一种不满足感。
好像只能从音乐性去解释这些句子的存在性

下面是周邦彦的《苏幕遮》。

苏幕遮

燎沉香,消溽暑。鸟雀呼晴,侵晓窥檐语。叶上初阳干宿雨,水面清圆,一一风荷举。 故乡遥,何日去?家住吴门,久作长安旅。五月渔郎相忆否?小楫轻舟,梦入芙蓉浦。

"燎沉香"的"燎"如果单拿出来说,是一种祭奠仪式,在台湾少数民族的祭奠当中常常看到燎,印第安人也有燎,我们叫作"燎祭"。三星堆遗址就曾发现过祭祀坑。可是这里的"燎"是动词,意为细细焚烧。沉香可能是沉香末,"燎沉香"是文人生活中的一种点缀,一方面可以驱赶蚊虫,同时又会让身体产生很舒服的感觉,另一方面则是嗅觉的欣赏。

"燎沉香",我们从第一个字就看到文人的世界。苏轼很少讲"燎沉香"之类的句子,他很少形容这种很家庭的、室内的小事件。可是到了北宋跨南宋的时候,我们会感觉到词作中传达的经验都是比较小的。一个文人把沉香末放到香炉里,用火去点着,让它燎起来,这种"燎沉香"的习惯,变成这一时期诗词中的重要经验。

"消溽暑",夏天天气很热,有一点沉香可以让自己神清气爽一点。"鸟雀呼晴",下过雨,刚放晴,在室内首先听到的是鸟叫声。这里诗人用动词的"呼"去叫出"晴",本来晴了以后才有鸟雀的叫声,可是此处颠倒了一下顺序,我觉得这算是周邦彦比较活泼的句子。他平常因为太重视音律，每个字放进去的时候，都有一点像在"刺绣"，令人觉得他的句子太刻意、太雕琢，可是"鸟雀呼晴"里面还是有一些自在的。

"侵晓窥檐语"，周邦彦用屋檐底下的鸟叫声编织出音乐性。这里用了一个很有趣的动词——"窥"。"窥"本身是一种小的动作，李白很少用，苏轼也很少用。周邦彦的意思是从一个比较偏的角度去看东西，不是辽阔的视野，而是从细缝里面、隔着帘子或者在屋檐底下。文学家用哪些字，是由他的心境、状态决定的。所以如果要分析一个诗人，其实不见得要读他整首作品，只消把他特定的某些字抽出来，大概就可以看到他的某些个性。

"叶上初阳干宿雨，水面清圆，一一风荷举"，荷叶上面是被最早的阳光晒过的"宿雨"，即昨夜下的雨，这是非常细的经验。我们看到，整个词的感觉越来越倾向于这种小小的细腻的东西。

宋朝的瓷器和宋朝的词作有很接近的地方。宋瓷不再讲究色彩上的华丽，而是讲究质感的变化。比如说哥窑，如果火温太高，瓷器上的釉片会裂开。一开始釉片裂开的时候，制作者可能会认为这是一件不好的瓷器，就不要它了。后来有的人觉得丢掉可惜，这样的人常常是艺术家，他反而很欣赏那个裂纹。也许他会收起来，还放在案头上欣赏它，也可能写一首诗来歌颂这个瓷的裂纹。他甚至会研究怎样刻意烧出裂纹，不同的火温会裂出多少宽度，开片大概多大，是冰裂纹，还是开片小的鱼子纹。裂纹本来是败笔，但这时它变成了一种美学。

这有点像我们欣赏叶子上面的阳光。早上第一道阳光把隔夜的雨照干了，留下痕迹。发现泪水是容易的，发现泪痕却不容易，因为泪痕并不容易看到，可是诗的意境常常是最后看到了泪痕。泪痕是什么？可能是由心境中沉淀出的关心，一种更细腻的关心。

我们在研究宋朝瓷器的时候，会发现很多名称和宋朝诗词当中所欣赏的意境非常像。"叶上初阳干宿雨"其实是一个沉淀过的记忆，隔夜的雨在太阳出来以后就不存在了，可是我们还记得叶子上曾经有过雨水。它对生命中的情感或某些记忆，表达了一种深情，一种眷恋。通过这个部分我们明显看到，在秦观、周邦彦以及李清照的时代，这种情感开始慢慢在文学中沉淀出来，与苏轼那些较为直接的作品比较起来，他们更多的是委婉的东西。

"水面清圆，一一风荷举"描写的是风中的荷叶，荷叶本来是贴着水面的，当它茁壮成长了以后，在阳光强的地方就会离开水面"举"起来。词人会观察很多东西，例如阳光强烈时荷叶的感觉；例如荷叶"举"起来以后，风的感觉才会出来，因为它贴着水面的时候，风不见得能够摇动它。台北故宫博物院展出过一幅画，描绘风吹过时皇宫里一个水池中荷叶的美，其意境和这两个句子非常像。宋朝的瓷器也好，诗词也好，绘画也好，它们之间有很多互通的精神。

"故乡遥，何日去？家住吴门，久作长安旅"，这里又回到了诗词中常常出现的诗人的流浪感。"故乡遥，何日去"是说自己离开故乡了，他的家在吴门（今江苏苏州），可是他常常住在北方。他这里讲的"长安"其实不是长安，而是指汴京，就是《清明上河图》画的那个城市。诗人常常借助地理上的迁动去描述心灵上的流浪感。

"五月渔郎相忆否？"有点像《春江花月夜》讲的"谁家今夜扁舟子"，那个在面前忽然经过的划船的渔家。"小楫轻舟，梦入芙蓉浦"，周邦彦的东西似乎予人以某一种不满足感。不满足感是说他从起句到末句，中间没有连接的关系，不知为何忽然跑出了"小楫轻舟"和"梦入芙蓉浦"，感觉有点拼凑，好像只能从音乐性去解释这些句子的存在性。

秦观的词，就较有连接性，他在《浣溪沙》中写自己"无赖"的感觉,三句对三句平均分配,"楼""秋""幽",都是平的,没有高潮。《浣溪沙》这样一个调子,其实有一点单调。可是用这个"单调"去写那种似有似无的感觉,刚好就对了。所以我会觉得秦观的东西非常有结构,可是以这个角度来看《苏幕遮》的时候,周邦彦的文学结构性似乎是较弱的。

"两宋之间,一人而已",是对周邦彦的高度评价,这大概必须要从音乐性去解释,在文学性上,我觉得他的结构完整性与呼应方面,恐怕受到太多音乐的牵制,为了"协音律"反而失去一些文学性了。

南朝盛事谁记?

南宋那种唯美的、感伤的,
失去北方领土以后落寞怀旧的心情,
已经慢慢出来了

我们再看一首周邦彦的《西河·金陵怀古》。

西河·金陵怀古

佳丽地,南朝盛事谁记?山围故国绕清江,髻鬟对起;怒涛寂寞打孤城,风樯遥度天际。　断崖树,犹倒倚;莫愁艇子曾系。空余旧迹郁苍苍,雾沉半垒。夜深月过女墙来,伤心东望淮水。　酒旗戏鼓甚处市?想依稀,王谢邻里。燕子不知何世;入寻常巷陌人家,相对如说兴亡,斜阳里。

金陵就是南京,是所谓"六朝"的一个符号。"六朝"指的是三国吴,后来的东晋,以及南朝的宋、齐、梁、陈,均定都在建康(吴时名建业,金陵,今江苏南京)这个地方。有个词叫作"六朝金粉",就是用来形容六朝的华丽繁荣。六朝金粉过去在美学上并不是一个好的评价,因为古代历史的政治本位总是以北方为主,而非南方。然而我觉得文化不应该用政治本位来讨论,古代所有文化创造最高的几乎都是在南方。在北宋后期,文人已经陆续南迁了,战乱令大家产生不安全感。六朝的文化被重新提到,因为他们从北方到了南京以后,会想到所谓的"南朝盛事"。当年这里有过谢安和王导家族子弟的故事,这种怀旧感也变成后来南宋词非常重要的美学调子。

"佳丽地",作者用美丽的女子去形容南京。北方不管是长安还是汴京,似乎都是男性的,而六朝定都的金陵是非常女性化的,有一种比较温柔的文化。

"南朝盛事谁记？""南朝"本身其实是一个客观的名称，可是后来因为政治本位的关系，常常有了贬义。然而在古代文化中，"南朝"常常反而是正统，因为它的创造性特别强，避开了战争与很多政治上的斗争，有更多经营文化的可能性。

"山围故国绕清江，髻鬟对起"，南京城三面环江，江南的山和北方的不一样，不是很陡峻，而是小小的丘陵，有点像女人的发髻。这其中反映了一些现象，一方面是音律在改革，另一方面是心境真的越来越小，会从比较细微的方面去入手。

"怒涛寂寞打孤城，风樯遥度天际"，孤城即石头城，在城头上，可以看到船的桅杆，因为这是长江很宽阔的地方。《单刀会》中的关羽在船上经过的就是南京城，那个地方在视野上非常漂亮。

"断崖树，犹倒倚；莫愁艇子曾系"，"莫愁"也是用到一个典故，莫愁女的船曾停留在这个地方。"空余旧迹郁苍苍"，"空余旧迹"是讲六朝留下了很多古迹，很多人事沧桑的痕迹在这个地方，可是已经全都过去了，有一种败落的感觉，所以用"郁苍苍"来形容。

我们讲秦观"雾失楼台"的时候，可以感觉到雾在楼台上徘徊，可是周邦彦的"雾沉半垒"这个句子似乎没办法转成形象。其实他在讲南京城被雾遮掉了一半。

中国的"南朝文化"有一个很大的特色：它有正统的观念，永远不会承认自己是"偏安"江南。南宋为了显示收复故土的决心，在杭州设立临安府，称为"行在"，而仍然将北方的汴京城称为京师，这也构成了一个怀旧文学的系统。这当然与政治有关，因为政治不让他们忘掉。我觉得将来应该特别有人去研究怀古文学或者说怀旧文学，它是非常特殊的一个形态，与整个政治史的结构有关，所以每逢"偏安"，它就会出现。"夜深月过女墙来,伤心东望淮水",这里在讲某一种失落感,仍与前面提到的怀旧有关。

"酒旗戏鼓甚处市",这个"酒旗戏鼓"很有趣。宋朝时,民间的社戏已经很盛行了。"社戏"可以由民间自己捐钱,在庙会里面开演。这种社戏在唐朝很少,宋朝出现大量的社戏,尤其是在南宋文化当中。"社戏"说明民间的庙会文化开始发达起来,很多文人也开始把自己的作品与戏剧结合。整个民间戏剧文化的提高,与文人接触庶民社会有很大的关系。"酒旗戏鼓"就是在讲庙会的热闹。

"想依稀、王谢邻里","王谢"也就是王导、谢安家族。《世说新语》里记载,在一个下雪天,谢安让子侄们每人写一句诗来形容雪,有人说好像柳絮,有人说好像盐撒在空中。他们从不到十岁就开始受到文化的训练,有自己的自豪和品位,他们当中产生了一种贵族文化,这种贵族文化强调的不只是权力,也不只是财富。

像是王羲之不太愿意做官,退隐后就喝喝酒,写他的书法,可是他成为社会里一个文人的最高典范。王羲之曾"坦腹东床",竟然还被人家选去做女婿,"东床坦腹" ❶ 就是讲王羲之的这个故事。贵族子弟当时建立了非常潇洒的一种性情、一种人格、一种品位,不太受世俗道德的约束。

周邦彦到了南京,想到当年的王家、谢家。他们住的地方叫"乌衣巷",传说屋檐下的燕子都不会随便飞到一般老百姓家里。所以唐朝刘禹锡在《乌衣巷》发出感叹:"旧时王谢堂前燕,飞入寻常百姓家。"怎么王家、谢家的燕子竟然飞到普通老百姓家去了?其实是讲王家、谢家没落

---

❶郗鉴派人到王导家选女婿,王家子弟闻讯皆显得拘谨,只有王羲之坦腹卧在东床之上,像没事一样,而被郗家选中。后遂用"坦腹东床、东床坦腹、东坦、东床、东床坦、坦床、坦腹"等作为女婿美称。

了,那种人文的品格、那种性格和自负都已不复存在。

魏晋的贵族文学后来影响了整个唐朝文学。很多人认为杜甫是贵族文学重要的变革者,他不写贵族,而是写平民百姓,写民间的疾苦,改变了中国文学的风格。《快雪时晴帖》是台北故宫博物院收藏的王羲之传世最有名的书法(是否为其真迹有待考证),讲下过一阵子雪,现在晴了,你要不要来看我之类的话。二十八个字,成为稀世珍品。作为文人的王谢子弟,他们活在大自然当中,有自己跟大自然之间的一种对话关系。他们争取的不是现世的权力与财富,而是在社会中被尊重的地位。

"想依稀、王谢邻里",周邦彦在这里怀念数百年前的王谢子弟。"燕子不知何世",燕子不知道今天是什么时代,不知道已经到了宋朝。"入寻常巷陌人家,相对如说兴亡",燕子一直叫着,好像在诉说已经历经多少朝代兴亡了。从魏、晋,经过宋、齐、梁、陈,经过隋,经过唐,到北宋,燕子好像还在跟百姓讲兴亡的事。"斜阳里",可是已经到了日落时分,我们在这里感觉到周邦彦好像在怀古,在讲一个挽回不了的盛世,一个六朝金粉的盛世,可是同时我们又发现这首词好像是一个预言,在讲北宋将要亡国了。

我很希望大家可以从这个时代性里面,来看北宋是怎样一步一步过渡到南宋的。我们看到南宋那种唯美的、感伤的,失去北方领土以后落寞怀旧的心情,已经慢慢出来了。

第三章　秦观、周邦彦

第四章

李清照

蒋勋说宋词 下

从苏轼到辛弃疾

女性的创造力

作为一个正统文化当中的女性，
她的创作往往会受到很大的压抑

  我们会发现在整个文化历史当中，女性的创造力很容易被忽略。至少我们看到在整部文学史、绘画史当中，女性长期缺席。在中国美术史里，管道昇（字仲姬）是唯一可以放在男性绘画世界里来讨论的女性画家，也许我们会觉得她运气很好，嫁给了在诗文、绘画上才能都非常高的赵孟頫，但是更重要的一点是，赵孟頫也看重妻子的才华。

  中国历史上的女性文化里，还有一部分创造力是表现在类似歌伎这样比较另类的职业上。例如，唐朝的薛涛就是一个歌伎，她来往于文人当中，可以画画、作诗、写词。我们曾听过的像苏小小之类的女性，也是歌伎。然而，作为一个正统文化当中的女性，她的创作往往会受到很大的压抑。

知己夫妻

我们会觉得她丢的不是文物,
而是她与知己共同建立的梦想一步一步地在破碎

　　李清照出身于世家,父亲李格非是一代大学者,能够超越当时男女的界限,使女儿受到最好的教育。李清照更幸运的是,她嫁给了赵明诚。赵明诚的父亲赵挺之是当时朝廷的大官,家里的收藏非常丰富,而且在丈夫的家中她得到了像在自己家中同样的鼓励,使她的文学有很大的成长空间。我们由此看出,个人是活在社会里面的,个人要对抗一个社会的习俗,是非常不容易的事。这些习俗不是法律,不是道德,而是一种习惯,这种习惯很容易扼杀一个人的才华。

　　要了解李清照婚后生活对她文学发展上的影响,可以看看她所写的《金石录后序》。我不把它当成是收藏学、考古学上的文章来看,而是觉得里面在谈一个生命与另外一个生命保持着共同的爱好,共同完成一个梦想的经验。这个梦想后来因为战争慢慢破碎了,所以文章里面有一种对文化的哀伤,一种对文物散失的心痛,然后因为这样,她会更加痛惜她的知己。

　　我觉得夫妻有这样的情感其实是很困难的,因为在传统的封建系统当中,夫妻关系定位后,其他的部分就不见了。夫妻是一个伦理的结构,却不一定是一种真情的结构。必须把对方当作朋友,当作知己,夫妻关系的稳固性和持久性才会发展出来。像李清照和赵明诚便能建立一种知己关系。

　　李清照刚刚嫁到赵家时,赵明诚并没有钱,做太学生时曾经当掉衣服去买书。虽然李清照的娘家、婆家都在朝为官,可是家世很清高,不是贪官污吏。只有在共同的理想当中，保持知己的关系，才让李清照记下了当年丈夫为了买一部书而把衣服当掉，两个人回家后读书的快乐。后来赵明诚做了几任太守，两人有了一些积蓄，可以收藏更多的书。

他们两个常常会在喝茶的时候比赛，讲某一件事情出现在哪一部书的第几卷第几页，说对了才能够喝茶。这变成他们夫妻之间一个最快乐的游戏。李清照非常聪明，而且记忆力极好，在这种游戏中说对答案的大都是她。在一个强调父权的男性文化当中，赵明诚却没有恼怒，反而对李清照很欣赏。封建社会认为女性"无才便是德"，女性的才能因此会被压抑。女性绝对不是没有才华，而是她在自己的生存状态当中要很小心，不要随便透露自己的才华，因为那样会使男性受伤。

北宋跨到南宋，国破家亡，李清照带着几车文物逃难。赵明诚临别时嘱咐她，可先丢掉包裹箱笼，再依序丢掉衣服被褥、书册卷轴和古董，唯有宗庙祭器和礼乐之器，必须抱着背着，"与身俱存亡"。战乱当中，文化使命在自己的身上，话语中有一种哀伤。我们会觉得她丢的不是文物，而是她与知己共同建立的梦想一步一步地在破碎，一直到最后全部消失。李清照最后在心境上的荒凉、空无，已经不仅因为亡国了，还有当战争来临的时候，连个人小小的一点意愿都不能够保存。

李清照不像北宋的范仲淹、王安石、苏轼那样有伟大的政治理想，而是只有一个与知己共同建立小小的美好世界的理想，连这个理想都不能完成的时候，她的哀伤是非常深沉的。在《金石录后序》里，我们能感受到她在文化散失时的无奈，这种感觉好像比国破家亡还要令人悲痛——她曾沉浸其中的文化，她自己经营起来的美好世界，都已经瓦解了。

李清照有点"野"

她已经定位了自己的声音,她选择中弱音,
而不去发展悲壮高亢的声音

当我们谈李清照的时候,要能抓住女性观点。李清照的词,没有忌讳女性的特征,她会很直接地表现女性的柔软、委婉和某种特殊的情思。如果从美学角度来看,从族群类别来看,女性也是一个族群,不同的族群要有不同的声音,这才能构成美学上的一种宽度。

管道昇在十三世纪的元朝,可以写出"你侬我侬"这样类似今天的流行歌词的作品。她表达的不是什么伟大的志愿:"你侬我侬,忒煞情多;情多处,热似火。把一块泥,捻一个你,塑一个我。将咱两个一齐打破,用水调和,再捻一个你,再塑一个我。我泥中有你,你泥中有我。与你生同一个衾,死同一个椁。"这是从很个人化的女性情思去着笔的。

如果我们去责备管道昇,说岳飞和文天祥都死了,你的丈夫赵孟𫖯却在元朝做官,你还写"你侬我侬"这样的文字,那就没有文学可谈了。文学不是单一的,每个人在特殊的环境里面会发出特殊的声音。李清照其实在历史上是蛮受批评的,有一部分批评说,国家都亡了,她还不写表现国破家亡的词,不写"气吞万里如虎"那种慷慨激昂的句子。李清照晚年在《打马赋》里面提到,自己无法像花木兰那样上疆场,有一点无奈,可是说的是实话。

李清照后来被说她改嫁张汝舟,胡适等一些学者对此做过考证,他们对这件事情非常反感。对于李清照改嫁的争议,大概是五四运动到1930年文学史里很大的公案。胡适首先提出来的观点是,改嫁有什么不好?有什么不可以?如果丈夫已经死掉,她为什么不可以改嫁?不过,胡适考证到最后发现，李清照根本没有改嫁。这里面耐人寻味的是，男性的文化里面，可能不喜欢李清照，所以就硬要给她捏造一个改嫁的故事出来。似乎说她的词写得不好都没什么关系，说她改嫁，这个人的形象就完了，当然这里面反映的是一种男性的道德观。

我一直觉得，历史上一些革命性的人物，他们遭受的非议是惊人的。大家读《红楼梦》的时候会注意到，林黛玉喜欢写诗，贾宝玉拿出去给人家看，后来就被薛宝钗骂了一顿，说闺中的东西是不可以流出去的。因为在古代，女性的文化是非常私密的，它不能在男性的公开场合被流传。李清照取得文学成就的关键在于赵明诚没有这种保守的观念，或者说李、赵两家其实都鼓励她的才华。可是这些并不代表她没有遭遇到社会的非议。在文学史上，我们看到李清照受到很多争议，包括觉得她有一些不检点，女性应该守的本分没有守，或者说她有点"野"。

李清照的经历让我们了解到在漫长的文学传统里一个女性创作者的重要性，她比男性的创作者更难出现。今天我们很难比较李清照的词是不是比苏轼的好，或者比辛弃疾的好，因为他们的背景根本不同。但文学史上不能不谈李清照，因为没有第二个了。她绝对不会写辛弃疾的"气吞万里如虎"，因为她感觉不到那个部分，她必须是从女性的角度出发。

李清照也不伪装她的女性气质，在文学里，有一部分男性"伪装"成女性去写女性观点，比如说张籍的《节妇吟》或者李白的《长相思》，都是转换自己，假装自己是一个女性，去感受女性的哀伤。可是我们比较少有机会看到一个真正的女性去感受自己的生命。当然，李清照在北宋的作品与她在南宋的作品很不一样，经历过大的变动之后，她的心境有很大的差别。

我用"野"来形容李清照，其实她是用字有一点俏皮，例如"绿肥红瘦"，春天过完了，花都凋零了。"红"是一种颜色，可是她用"瘦"来

形容红,绿色越来越多,她用"肥"来形容"绿"。原本"肥"和"瘦"是很难入诗的。李清照的"野"或她的俏皮其实是好的,她比较大胆,常常用这种有点像俚语的文字。之前提过,当一种文化成为道统以后,大家所受到的拘束也就比较大。大概由于女性不是在正统文化里,反而会比较自由,可以跳开这个道统给她的某些限制。

　　大家阅读的时候可以感觉一下,例如《点绛唇》,李清照自己特别注明"闺思",就是在闺房里一个女子沉思的感觉。不能拿她的作品和周邦彦的《西河·金陵怀古》那种大的题材比较,她就是强调一种小小的个人性。《点绛唇》本身就是一个比较女性化的词牌,女孩子在家里用胭脂来点自己的嘴唇,这样的歌曲绝对跟《满江红》不一样,它不是悲壮的,而是比较委婉、抒情的。李清照常常用到的是《点绛唇》《一剪梅》这类词牌,很少去写《念奴娇》《水调歌头》或者《满江红》。这和她的音乐性选择也有关系,她已经定位了自己的声音,她选择中弱音,而不去发展悲壮高亢的声音。

第四章　李清照 075

寂寞深闺,柔肠一寸愁千缕

她把很多细腻的东西一层一层地牵出来,
可以看出一个女性在使用文字时的某些特征

我们看一下《点绛唇·闺思》。

点绛唇·闺思○

寂寞深闺,柔肠一寸愁千缕。惜春春去,几点催花雨。　倚遍阑干,只是无情绪。人何处?连天芳树,望断归来路。

秦观的词当中有很多无来由的幽怨,所谓的无赖,所谓淡淡的哀愁,李清照的作品里面也有,只是女性化更明显。像"柔肠"这一类字眼,其实在唐诗里也常常用到,可是都是男性在写,当李清照用"一寸"和"愁千缕"去和柔肠做关联的时候,我们会发现她把很多细腻的东西一层一层地牵出来,可以看出一个女性在使用文字时的某些特征。从长期教育的习惯当中,或者自己生活的空间里,她会带出一种美学系统。

"惜春春去",它不见得一定是女性文化,苏轼的《寒食帖》里面就有"惜春",可是"惜春"后面再加"春去"的时候,委婉性会增加,哀怨性会增强。李清照常常是在调性上面把女性的东西放进去。像"几点催花雨",她在追悼春天快要过完的时候,雨使得花更快飘零,这些可能都

○《点绛唇》,又名《十八香》《沙头雨》《南浦月》《点樱桃》《寻瑶草》等。词牌名,得名于南朝江淹《咏美人春游》诗有"白雪凝琼貌,明珠点绛唇"句。双调四十一字或四十三字,仄韵。

是由于女性的敏感或者说敏锐才会看到的。

女性文化和男性文化在某一种程度上的平衡,其实对文化是有好处的。当女性文化慢慢出来的时候,会促使男性文化去检查自身,尝试运用婉约的东西进行转换。

过去很多唐朝诗人会假借女性身份去创作,例如写"明月出天山,苍茫云海间"的李白,也会写"长相思,摧心肝",也就是说,好的创作者身上的男性部分和女性部分其实是平衡的,因为太过阳刚会变成粗鲁,太过女性化的婉约又会变成阴柔,会变成低迷。而在平衡的时候,它会有一种拉力过来。从这个观点出发,我们又会知道李清照是宋朝女性当中比较男性化的。

"倚遍阑干,只是无情绪",很接近秦观所写的"无赖"。"人何处?连天芳树,望断归来路",尤其是"望断归来路",完全像秦观的句子。苏轼曾经骂秦观:"你怎么学柳永作词?"这件事也可看出秦观和柳永都有比较女性化的部分。像他们在诗词中表现的每一次跟歌伎告别都会哭,这原本在男性文化里是不对的,作为男性怎么能表现得这么牵挂与缠绵呢?这说明当女性文化没有自己声音的时候,一些男性反而去弥补了这个空间,从柳永到秦观,他们把这些抒情的、委婉的,我们叫作"婉约派"的东西带了出来,到李清照的时候当然就名正言顺了,这种女性的婉约情感更直接地被表现出来。

才下眉头,却上心头

"提不起、放不下"可以变成一种新的美学

《一剪梅》里面的女性气质更为明显。

> 一剪梅[○]
> 红藕香残玉簟秋。轻解罗裳,独上兰舟。云中谁寄锦书来?雁字回时,月满西楼。　花自飘零水自流。一种相思,两处闲愁。此情无计可消除,才下眉头,却上心头。

"红藕香残玉簟秋",用竹子编的席子叫作"簟"。席子睡久了,竹皮会发亮,像玉一样,带有一种莹润的色泽。到秋凉了,看到藕已经要结成,藕结成的话,也就是荷花要残了,荷花的红色要残了。"轻解罗裳,独上兰舟","轻解罗裳"是非常女性化的用字,女性对自己衣服的某一种感觉,可以很直接。

传统中,女性文化比较感性直观,而男性文化较偏理性,因为男性文化要在社会性里面建立起一个合理的逻辑。所以,讲衣服,讲皮肤,讲很多身体上的感觉,常常是女性擅长的领域。而男性常常在教育里会被训练到不能够流露自己的感觉,尤其在古代,在做官或者贵族的文化当中,他最后会变成一个属于社会性的角色,不太能讲私情。

[○]《一剪梅》,又名《腊梅香》《玉簟秋》。词牌名,以宋周邦彦词有"一剪梅花万样娇"句得名。双调五十八字至六十字,平韵。

"云中谁寄锦书来?"因为这首词是在讲离别的情感,所以提到书信。"雁字回时",古代常常以大雁的北飞或南飞作为书信传递的象征。张若虚的《春江花月夜》里也有"鸿雁长飞光不度",也是以鸿雁作为书信或思念的代表。"雁字"有更特殊的意义,因为大雁在飞的时候,会在天空排成一个"人"字。在这首词里,因为告别,因为怀念一个人,她会觉得这个人无所不在,好像连自然世界都隐喻出这个人的存在。"月满西楼",一个女子住在楼上,月光遍洒,她在孤独和徘徊中盼望着"雁字回时",冀望着那个人会回来。

"雁字回时,月满西楼"非常女性,表达较含蓄,用象征的方法去写很多的愿望、很多的期待。女性文化里有很多遮掩的部分,如白居易写《琵琶行》,写道"千呼万唤始出来,犹抱琵琶半遮面。转轴拨弦三两声,未成曲调先有情",里面有很多女性心事慢慢透露的感觉。

"雁字回时,月满西楼"对应着下面的"一种相思,两处闲愁"或者"才下眉头,却上心头"。这首词很有趣的是把一个东西分成两部分了,而这两部分里面有一种模棱两可,就是不知道怎么办,有一种放不下的感觉。"提不起、放不下"可以变成一种新的美学,秦观就是这样,所以才有了"自在飞花轻似梦,无边丝雨细如愁"。我们常常形容女性的情感较为缠绵,"缠"和"绵"都是没有办法一刀砍断的,它就是牵连不断。"花自飘零水自流"里的象征或比喻,在男性文化里也常常用,例如在李煜的词作里。看到落花掉在水中,花在飘零水在流,好像各不相干,其实是有关系的。落花和流水一直被诗人拿来做象征,可是在这里李清照希望用它们来解释"一种相思,两处闲愁",她的意思是说彼此思念的东西是一样的,可是只能各自在两地发愁,这是讲她自己,也讲赵明诚。

"此情无计可消除,才下眉头,却上心头",这种情感我们拿它一点办法都没有,怎么排解都排解不掉。本来在发愁时眉头锁在一起,可是眉头刚刚舒展,心头上的愁又来了。我们发现李清照用字较为生活化,相较之下周邦彦太讲究音律,所以他的词语有一点脱离生活。

在那个时代当中,一个女性要写私情不是容易的事,似乎有一点违反妇德。男人可以假借一个歌伎去写一种思念,柳永就常常做这种事。李清照的"一种相思,两处闲愁""才下眉头,却上心头"是难得的女性情感的一种表白。

懒懒的情绪
是南宋词的重要特征

身体开始懒下来的时候,人去追求静,
转成内心世界的一种追求

我们来看《醉花阴》。

> 醉花阴
>
> 薄雾浓云愁永昼,瑞脑销金兽。佳节又重阳,玉枕纱厨,半夜凉初透。东篱把酒黄昏后,有暗香盈袖。莫道不销魂,帘卷西风,人比黄花瘦。

"薄雾浓云愁永昼",什么叫作"永昼"?是说一个漫长的白日,好像不知道要去做什么,所以感觉到岁月这么悠长。这是讲闲愁,讲慵懒,讲一种"无赖"的感觉,是可以和秦观的东西对照读的。"薄雾浓云愁永昼",那她愁什么?只是觉得白天好像过不完,因为没有事件发生,所以里面是一种淡淡的哀愁。

"瑞脑销金兽",这里又是讲熏香了。我们前面讲的周邦彦《苏幕遮》里有"燎沉香"。一个铜香炉,有时是麒麟图像,有时是拼合的动物形象,里面放上香料。"瑞脑"是香料的名字,"金兽"是外面的香炉。她又回到了家庭生活里非常小的一些事件,好像没事就去撩拨一下香炉,去玩一下身边的小事物。

"佳节又重阳",就是九月的重阳节来临了,不知不觉又到了秋

○《醉花阴》,词牌名。双调五十二字,仄韵。

天,时间就这样在流逝。"玉枕纱厨",即睡觉用的玉石枕头和防蚊虫的纱帐,用这些表明自己还睡在床上。大概从秦观以后,感觉诗人都是"躺下来"写诗,不太出去活动,会有一点懒懒的情绪。我觉得这种懒懒的情绪其实是南宋词一个最重要的部分。身体似乎是有时代性的。唐朝时人的身体都是坐在马上跑,北宋的时候还跑了一段时间,慢慢就不跑了,身体开始懒下来的时候,人去追求静,转成内心世界的一种追求,越来越有一点生病的感觉,或者身体没有力气的感觉。"半夜凉初透",因为到了重阳,是秋天了,所以到夜半的时候有一点凉。

"东篱把酒黄昏后",夕阳之下,在自己的院子里面喝酒。"东篱"令人联想到陶渊明的诗——"采菊东篱下,悠然见南山",里面有与菊花的关系。"有暗香盈袖","暗香盈袖"直接映射到东篱的菊花,这里是典故的转用。李清照批评秦观用典故太少,常常是指这个,但我觉得典故不见得一定要用到这么繁复。"暗香盈袖"是讲菊花香,她虽然没有直接讲,可是由前面的东篱可推知。自己在篱笆旁边喝酒,袖子被菊花染得都是香味。

这些文字非常纤细,诗人会注意到嗅觉,而且是用"暗"这个字,"暗香""盈"都有一点收敛和含蓄,而不是外放的感觉。这个美的表现有一点遮掩,所以我们称之为"婉约",它是绕的,是曲线的,而不是直接表现出来的。

"莫道不销魂",这样的一个情境,几乎人人都会动情,它会打动我们的心灵深处。"帘卷西风,人比黄花瘦",西风即秋风,从西边吹来的风代表秋天的来临,帘子被吹起来了。"人比黄花瘦"形容自己比菊花还要瘦,李清照很喜欢用"肥""瘦"这一类的字,好像都是形容肢体部分的用词。我觉得这也是李清照的特质,她对感官的东西和身体的描绘都非常直接。

多少事、欲说还休

李清照也有一种口语，
是属于民间小市民性的口语

我们再看《凤凰台上忆吹箫》，也是在讲告别，告别是李清照生命里的重要主题。

凤凰台上忆吹箫

香冷金猊，被翻红浪，起来慵自梳头。任宝奁尘满，日上帘钩。生怕离怀别苦，多少事、欲说还休。新来瘦，非干病酒，不是悲秋。　休休！这回去也，千万遍《阳关》，也则难留。念武陵人远，烟锁秦楼。惟有楼前流水，应念我、终日凝眸。凝眸处，从今又添，一段新愁。

"香冷金猊"，"金猊"是铸成类似狮子的狻猊形貌的铜香炉。大概有一点懒得起身，连香炉里的"香"都冷了，没有再用火把香烧起来，所以是"香冷金猊"。我们看到"香"和"冷"这两个分别是嗅觉上和触觉上的字，非常"感官"地被放在一起。"被翻红浪"，睡在床上，盖着锦绣的被子，翻来覆去也睡不着，好像有一点慵懒的感觉。

"起来慵自梳头"，既然起身了，还要用"慵"这个字，让人觉得懒洋洋的。因为没有什么事可做，就"慵自梳头"，有一搭没一搭地梳起自己的头发。

"任宝奁尘满"，"奁"是女孩子放化妆品的箱子，我们会用"妆奁"来借指女孩子嫁到夫家要带去的嫁妆。汉唐的女孩子都有这种装化妆品的奁盒，它们有青铜的，也有漆器的。所谓的"宝奁"是镶得很漂亮的化妆盒。"任宝奁尘满"，明明知道上面灰尘已经堆得很厚了，可是没有心情去整理、擦拭它。这里面一步一步地在点出所谓的"女为悦己者容",因为她所眷恋的那个人,让她觉得生命有意义的那个人不在身边,所以化妆、梳头都没劲。

"日上帘钩",太阳已经照到那么高了,但是不想起来,起来要干什么呢,又没有自己生活里的知己在身边。"生怕离怀别苦,多少事、欲说还休",我们曾经说过苏轼有一种口语,他是比较豪迈的口语,李清照也有一种口语,是属于民间小市民性的口语。

我觉得宋朝是中国白话文学非常重要的一个阶段,这里讲的"白话",是所谓的平话小说,它是在宋朝出现的。原本是让说书人讲给大家听的,中国文学里的阅读性与听觉性自此开始慢慢分离。

还有一点,唐朝时佛教有一个革命,就是禅宗的发扬。禅宗为了要让所有的人都能够领略顿悟,所以常常用口语性的东西去讲。像《指月录》和《景德传灯录》,都不用太难的文字与词汇,他们认为越在形式、技巧上做作,越远离悟道,应该要从心里面直接去领悟。禅宗六祖慧能原本是一个不识字、在厨房里砍柴的和尚,所以他传法的时候,也是用最简单的口语。

白话文学在宋朝的确受到很大的重视,当李清照用到"生怕离怀别苦,多少事、欲说还休"时,就是另一种口语化的表达。"才下眉头,却上心头",也非常口语化,很像我们现在讲的心里面有什么事放不下。还有"一种相思,两处闲愁",也是有一点口语化。以往从这个角度去讨论李清照的人不多,我认为她能够在文学史上有这么长久的影响力,可能和这个白话的起点有关,她的词句已经有点像元曲里那种口语与白话的自然性的表达。

"休休!"完全像后来元曲的风格,好像自己对自己说"够了、够了"那种感觉,就是怎么会这样缠绵不去,心情上老是放不开呢?这里其实有另外一种女性的直率。"这回去也",更白话了,就是这一次你离开了。"千万遍《阳关》,也则难留",送别的曲子唱了又唱,其实都无法阻挡。被李清照评论有很多"淫词",也就是所谓滥情之词的柳永,其词作也有很多类似"休休!这回去也,千万遍《阳关》,也则难留"的句子。休休,是很大的无奈的咏叹。

"念武陵人远","武陵人"象征着寻找桃花源的人。在《桃花源记》中寻找桃花源的那个武陵人是一个渔夫,偶然进入了桃花源。李清照在用典故的时候,用得比较迂回。

"烟锁秦楼。惟有楼前流水,应念我、终日凝眸",柳永也用过"凝眸",可是用得最好的是李清照。男子乘的船已经开走了,可是女子朝着那里一直看一直看,留恋着他的身影。"凝眸处,从今又添,一段新愁",这一句非常贴近白话,把一个女性缠绵的心情完全写出来了。她每天看着看着,每天都多出一点愁绪,在那个人没有回来之前,这愁是没有办法停止的。

我相信大家已经慢慢感觉到李清照这种很特殊的女性情感,刚才提到缠、绵,都是和丝有关。传统里,女性的文化与编织、刺绣有很大的关系,她们在这个活动当中感觉到一种线条性的婉转,而男性文化里面比较少所谓的缠或者绵。一个线团怎么解都解不开的时候,它就会变成一种情感的表达,等到有一天她觉得心里面乱得不得了的时候,就会想到那个解不开的线团。我们可以看到文学创作不可能离开生活。

辛弃疾能写"醉里挑灯看剑",但不能要求李清照去写这样的东西,因为喝醉、在灯下看一把宝剑,那是比较男性的经验。近代秋瑾的诗就会有"剑""宝刀",她是女性的革命者。也许从这个角度我们会看到李清照的柔软,看到她的含蓄与委婉。

愁损北人,不惯起来听

有时候我们的情感好像一个蓓蕾,
锁在心里面出不来,
有时却忽然觉得情感舒张开来了

下面来看《添字丑奴儿·芭蕉》。

添字丑奴儿·芭蕉
窗前谁种芭蕉树?阴满中庭。阴满中庭,叶叶心心,舒卷有余情。
伤心枕上三更雨,点滴霖霪。点滴霖霪,愁损北人,不惯起来听。

咏物词在南宋大量出现,一般认为周邦彦是咏物词的大家。可能生活里没有巨大的事件或者情感发生,所以就以一个东西作为描述的物件。我觉得李清照的咏物写得很好,像这首《添字丑奴儿·芭蕉》,她把芭蕉的形态、生长状况与人的心情联系起来,不只是咏物而已。例如"叶叶心心,舒卷有余情",芭蕉在成长的时候,叶心是卷起来的,然后再慢慢把叶子舒放出来,这是一个自然现象。可是我们读到"叶叶心心,舒卷有余情"时,它变成了我们的心境。就像有时候我们的情感好像一个蓓蕾,锁在心里面出不来,有时却忽然觉得情感舒张开来了。"舒卷有余情",情感在想透露又不想透露之间,很委婉,这是李清照最迷人的部分。那种在透露和不透露之间、张开与不张开之间、接受和拒绝之间的关系,她借由芭蕉说出来了。要把咏物词写好,大概还必须联系到人,否则可能写来写去也就是形状、色彩、重量,如果能够扩大变成另外一个内容,具有象征性的时候,它的特殊意义才会出来。

"窗前谁种芭蕉树?"李清照和苏轼的个性里面都有直率的成分,尤其是作品起句的地方。"十年生死两茫茫"是一个非常直接的开始,"窗前谁种芭蕉树",李清照直接就把芭蕉树写出来了。

"阴满中庭。阴满中庭,叶叶心心,舒卷有余情",大家可以仔细观察,所有的芭蕉树、香蕉树都是如此,它在没有长出叶子之前,有一个阳光很容易透射进去的卷起来的翠绿部分,很柔软,好像在慢慢等待舒展开来。等到叶子张开的时候,绿色变得很深时,其实已经老掉了,最嫩的叶子是卷起来的,就是叶心的部分。它只要一张开,接触到更多阳光,它就老了,最嫩的部分是最怕受伤的。这里既是在讲芭蕉,也是在讲情感,情感很怕受伤,很怕透露那个细微的部分,所以用"舒卷","舒"和"卷"是两个动词,是张开与不张开。这些大概都透露出李清照女性特质中最细腻的一面。

"伤心枕上三更雨",半夜下起雨来,可能就会被惊醒。曾经被雨惊醒的有李煜,有李商隐。李商隐写"曾醒惊眠闻雨过",李煜是"帘外雨潺潺,春意阑珊。罗衾不耐五更寒。梦里不知身是客……",刚才还在做梦,怎么被雨声惊醒,发现自己已经被捉到了北方。在这里我们看到李清照继续这样的一个传统,"伤心枕上三更雨,点滴霖霪。点滴霖霪","霖"和"霪"都有一点过头、泛滥的意思,"霖霪"就是在讲雨下不完的感觉。

"愁损北人,不惯起来听",这里面白话的感觉非常强,好像觉得过去的日子过得很好,一直在一个比较幸福的处境当中,从来也没有被雨声惊醒过,所以非常不习惯半夜听雨声。其实这是一种荒凉、凄厉的感觉。从"不惯起来听"与"这回去也",可以看到诗人大量运用白话,辛弃疾也是如此,越到晚年,白话的部分越多。南宋时已经有一个征兆出来:文学创作里面的白话部分越来越明显,越来越直接。

物是人非事事休，欲语泪先流

对晚年的李清照来讲，她生命最幸福、最美好的时光已经过去了

李清照的《武陵春》也是大家比较熟悉的作品。

武陵春

风住尘香花已尽，日晚倦梳头。物是人非事事休，欲语泪先流。闻说双溪春尚好，也拟泛轻舟。只恐双溪舴艋舟，载不动许多愁。

在用韵上大家可以看到李清照的"由求韵"用得非常多，所谓"由求韵"就是"ou""iu"这个韵。"风住尘香花已尽，日晚倦梳头"，"头"是ou韵；"物是人非事事休"，"休"是iu韵；"欲语泪先流"，"流"是iu韵；"闻说双溪春尚好，也拟泛轻舟"的"舟"，"只恐双溪舴艋舟，载不动许多愁"的"愁"，都是ou韵。李清照的作品里，好多都是这个韵，如"红藕香残玉簟秋"的"秋"，"独上兰舟"的"舟"，"月满西楼"的"楼"。我常常称"由求韵"为天生适合写诗的韵，因为只要把楼、秋、酒、愁放在一起已经很像诗了。它是一个比较委婉的韵，"江阳韵"和"中东韵"都很豪迈，"衣期韵"和"灰堆韵"又很低微。

○《武陵春》，又名《武林春》《花想容》。词牌名。双调，有四十八字、四十九字、五十四字，平韵。

《醉花阴》里"薄雾浓云愁永昼"的"昼","瑞脑销金兽"的"兽","半夜凉初透"的"透","东篱把酒黄昏后"的"后","有暗香盈袖"的"袖","莫道不销魂,帘卷西风,人比黄花瘦"的"瘦",我们几乎看到李清照一直在用这个韵。

又如《凤凰台上忆吹箫》,"香冷金猊,被翻红浪,起来慵自梳头"的"头","日上帘钩"的"钩","欲说还休"的"休","新来瘦"的"瘦","非干病酒,不是悲秋"的"秋"。这首词也把"由求韵"用到了极致。可以看出李清照在使用音乐性的韵部上的特色。

"风住尘香花已尽"是在讲春天过去了。春天过去,对晚年的李清照来讲,是一个象征,她生命最幸福、最美好的时光已经过去了。"日晚倦梳头",她用过很多梳头的意象,在《凤凰台上忆吹箫》里是"慵自梳头",似乎诉说着心爱的人不在了,为谁去化妆呢?"物是人非事事休",这些东西都还在,可是人已经走了,一切事情都发生了很大的变化。"欲语泪先流",这样一个生命的经验,即使要告诉别人,还没有讲,眼泪就已经流下来了,有股无法透露的心酸。"闻说双溪春尚好",听说双溪这个地方春景还很美好,"也拟泛轻舟",好像应该去解解闷,不要老是在家里发愁。可是到了岸边,"只恐双溪舴艋舟",想想双溪的这艘船这么小,"载不动许多愁",大概这一生的愁绪,船是载不起来的。她把女性的哀愁非常直接地表现出来了。

这次第,怎一个愁字了得!

她非常孤独,好像一切东西都走完了,
带着生命里所有的繁华和幸福都已经过去的感伤

下面的《声声慢》,应该是大家最熟悉的。

声声慢○

寻寻觅觅,冷冷清清,凄凄惨惨戚戚。乍暖还寒时候,最难将息。三杯两盏淡酒,怎敌他、晚来风急!雁过也,正伤心,却是旧时相识。 满地黄花堆积,憔悴损,如今有谁堪摘?守着窗儿,独自怎生得黑!梧桐更兼细雨,到黄昏、点点滴滴。这次第,怎一个愁字了得!

"寻寻觅觅,冷冷清清,凄凄惨惨戚戚"是心情一路堆叠的情感,而堆叠是因为女性的感官非常细腻,是这样缠绵不休的女性心事。很多人一提到李清照都会举这个句子,这么长的叠字句,过去几乎没有人敢用。李清照曾经夸赞欧阳修"庭院深深深几许"用得非常好,她进一步用到"寻寻觅觅,冷冷清清,凄凄惨惨戚戚"这么长的叠字句,如果唱起来,声音如雨声,一串滴滴答答。

○《声声慢》,又名《人在楼上》《神光灿》《胜胜慢》等。词牌名,双调九十六字至九十九字,有平韵、仄韵两体。

○山东快书,一种曲艺。1958年《新知识词典》:"山东快书,是曲艺的一种形式,可能最早流传于山东地带,因而得名。最先它主要是演唱武松的英雄事迹,所以也称'武老二'。又因它最合适表现一些喜剧性的东西,或称'滑稽快书'。"

李清照是山东人,有一种北方人的直率,一种山东快书◯般的直率。弹词◯从这个字到下个字,声音要绕好久,可是山东快书大概只要几秒钟好几行就过去了,它们是两种很不同的文化。李清照本身是北方人,而后南渡,跨在两个文化当中,她保留了北方文化的好处,也吸收了江南文化中的委婉,转到一种慢、一种堆叠。一直到今天,我们所说的北曲和南曲在个性上基本也是不一样的。北方的秦腔、河南梆子节奏都是快的,而绍兴戏或者弹词都是软的、慢的、环绕的,它们是两种很不同的美学。

在杭州祭祀花神的庙宇当中,有一副长联,跟李清照的词句很像。上联是"风风雨雨,暖暖寒寒,处处寻寻觅觅",下联是"莺莺燕燕,花花叶叶,卿卿暮暮朝朝",全部是叠字句。诗不见得要到书里去读,它就在文化里,就在生活里。江南民间拜花神的庙联是讲花神的情感,是非常南方的情感,是一种寻找、一种徘徊、一种彷徨、一种缠绵、一种眷恋。至于"寻寻觅觅,冷冷清清,凄凄惨惨戚戚",则是在讲国破家亡、丈夫去世之后,一个孤独的女性心情上茫然的感觉。

"乍暖还寒时候,最难将息",有一点要暖了,可是天气有时候又会冷,大概就是清明前后。我们在清明前后都会感觉到"乍暖还寒",有点暖了,又还有寒意,这也是很"感官"的感觉,江南的清明、梅雨季都有一点温度的模糊,不知道应该叫它春天、夏天,还是秋天。"最难将息",要睡觉却很难睡得着,其实是因为心情沮丧。"三杯两盏淡

◯ 弹词,曲艺的一个类别。一般认为形成于明代中叶。有苏州弹词、扬州弹词、长沙弹词、桂林弹词等。现在流行的弹词,表演者大都一人至三四人,表演时以说为主,说唱相间,也有只唱不说的,以演说故事为主,篇幅长的,分回目演出。如苏州弹词,乐器多数以三弦、琵琶或月琴为主,自弹自唱,坐唱形式。

酒",既然很难睡得着,干脆喝一点酒,也许会睡得好一点。"怎敌他、晚来风急",本来喝一点酒可以好好睡了,可是忽然风又刮起来,所有的树都在呼叫,这个声音又那么凄厉,更睡不着觉了。注意"怎敌他",完全是白话的感觉,很像元曲的句子。"雁过也,正伤心",李清照在《一剪梅》中也用过这个象征,雁来雁过,雁来是人回来,雁来也是书信来;雁过是书信走了,也是人走了。"却是旧时相识",这个"雁"以前来过,是曾经认识的,可是现在走了。这是李清照晚年的作品,她非常孤独,好像一切东西都走完了,带着生命里所有的繁华和幸福都已经过去的感伤。

"满地黄花堆积,憔悴损,如今有谁堪摘?"那些落英堆得满满的——传统里,常常会认为花被摘是被一个男子摘,好像花开是为了一个觉得值得的对象。"守着窗儿,独自怎生得黑!"就是一个这么黑暗的感觉,一个人在屋里灯也没开,就在那边喝酒。"怎一个愁字了得",诗人把古典诗的文法转成了最口语化的形态。

"梧桐更兼细雨",李煜有类似的句子——"寂寞梧桐深院锁清秋"。"到黄昏、点点滴滴。这次第……",注意"这次第"——这样的状况,这样的情景,又用了口语。"怎一个愁字了得","怎一个""了得"这些词我们现在都还在用。李清照的词现代感很强,可能是她不在正统文化当中,所以背负的正统文化辞章的压力比较小,反而出现了另类的句子。

宋朝文人的生活空间

宋朝文化的惊人在于它这么甘于素朴平淡

从黄庭坚的书法中,我们可以看到宋朝书法的自在,它离开了唐楷的规矩和工整以后,完成了一种人的潇洒。从宋朝的瓷、诗、书法,也可以看到一个人的活泼、率性和随意。而宋朝在白话上的运用,可说是一种解放,从规矩当中解放,它能够有更多有韵味的东西发展出来。从南宋以后,我们看到整个文化的气质又有很多改变。

宋朝有画自画像的习惯,文人会把它挂在家里。此外,瓷器在宋朝扮演着很重要的角色,在今天,全世界瓷的巅峰还是宋瓷。不只是中国,它当时的贸易到达世界各个地方,宋瓷的那种美影响了全世界。在台北故宫博物院数十万件的收藏品中,有一件汝窑瓷器的漂亮是很难形容的,那是一只温酒的莲花碗,里面放用来烫酒的热水。它上面有一点点的裂纹,带有"雨过天青"的色泽,跟我们讲的青瓷、青色釉是不一样的。当时人认为不应该用单纯的"青"来形容它,因为它里面有淡淡的绿,淡淡的蓝,还有淡淡的紫和淡淡的粉红。只要光线发生一点点的折射,釉料就反射出不同的光,可是那光又是很收敛的,完全不外露、不炫耀。所以才会称它为"雨过天青",好像下过雨以后天空的颜色。

现在只有不足百件汝窑瓷器存世,有二十一件在台北故宫博物院,它们大概是全世界拍卖市场里面价格最高的古物之一,可是在造型上非常素朴,非常简单,几乎没有任何华丽夸张的部分。台北故宫博物院的水仙盆,就是拿来养水仙的一个花盆而已,简单的一个椭圆形,底下一个座子,大概铺一点沙或石头。我们看到宋朝文化的惊人在于它这么甘于素朴平淡。其实器皿如果不简单，花是无法被衬托出来的。

这些是当时皇宫里用的瓷器，它可以这么简单，很少看到帝王的文化这么朴素、这么淡雅的感觉。我想这里面有特别值得我们去了解的某种文化质量，也许可以通过这个部分来了解北宋词、南宋词与整个文化背后的文物的关系。定窑位于今天的河北曲阳，也就是过去的定州，定瓷属于白瓷系统。定窑有一个特别的地方，就是它烧制的时候，例如烧一个碗，是盖着烧的，烧完以后这个碗的边缘就没有釉了，会有一点割手。所以工匠会用黄金或者铜来包边，叫作包口。定瓷大都有包口，皇宫里面用的通常是黄金。它里面会画花的图案，就是在土没有干的时候，用竹刀在上面刻花，上好釉料以后，有一点点浮雕的感觉。定瓷很漂亮，它的白常常分出不同的层次。

我们一再提到，宋朝的文学越来越追求细腻，也就是说它会分出很多层次来。过去很粗糙地说这叫白瓷，可是现在认为只说"白"是不够的，白还有很多不同层次的白，视网膜上会有四百种不同层次的"白"。我想大家可以从中感受到宋朝美的精神，如果它不是一件瓷器，而是一部文学作品，它们中间的关系是什么？它们都是一种简练，一种淡雅，一种不夸张的情绪，都非常含蓄。

有的定窑的釉已经有一点像玉了，光润性都出来了。这些就是文人当时生活里在使用的，生活里的东西影响了整个朝代的美学气质。美可以这么单纯，其实是非常难的，因为通常我们会觉得美都是刻意做出来的，可是在宋朝，它完全回到了最简单的状态。

钧窑大概是宋瓷里面唯一色彩比较艳的。一种瓷器在窑里烧了以后，生发出一点一点的紫斑，很像紫丁香的花，所以被称为丁香紫釉。

还有前面提过的哥窑。哥窑追求开片，烧出裂纹以后，再上釉烧一次，让裂纹变成了一种美学。后来在中国建筑物里，例如窗户，就做出这

种冰裂纹的感觉。用很多很多分割的方法做出这种空间，其实是把破裂变成美学，把本来不好的东西变成好的东西。也就是说，如果用一个比较宽容的心境去看这个世界，没有所谓的丑，没有所谓的破，也没有所谓的败笔。破、败、丑都可以变成美，这都是心境上怎么转的问题。

用黑色釉料的建阳窑、吉州窑，是在福建江西一带做出来的。南宋吉州窑烧制的时候常常把一片枯叶放上去，就有一个釉料的痕迹出现——黑色底衬出一片叶子。这是喝茶时用的器皿，"曜变天目盏"就是在建阳窑里面烧的。我们可以感觉到宋朝的文人，像李清照和赵明诚在一起喝茶，然后猜诗，讲书的某一卷记录什么，就是拿这样的碗。这样的碗里面承载的当然是一种文化气质，似乎文人在文学创作上追求的东西也可以这么朴素。

还有玉雕的"荷叶洗"，一片荷叶、一个梗，是文人用来盛水洗笔的器物。我们读到的词，是在这些背景下完成的，文人家里用来写字的毛笔、砚台及其他一切东西，其实都体现了文化上的水平。

第五章

辛弃疾、姜夔

蒋勋说宋词 下

从苏轼到辛弃疾

辛弃疾与姜夔：
南宋的两面

在文学或艺术的创作上，
受到时局的影响是不可避免的，
但是看待时局的方法却可以有所不同

    最后我们讲辛弃疾和姜夔，以此作为对南宋词介绍的结束。其实这两家在整体风格上最不同。我们前面提到，南宋的时候，有一个主题是"国破家亡"，面对这种局面大家有一个正统的文化反应，于是发展出辛弃疾这一类作品，他们的快乐或不快乐大概也都围绕着这件事。可是另外一方面，我们也明显看到，在大家不能抗拒这样一个主题的时候，有一类艺术创作者反而进入另一个状态，而这样的状态在当时并不是很容易被接受。今天许多人觉得，南宋时期抗金的文学才是正统，岳飞、辛弃疾等人的作品才应该受到尊重和提倡。

    也许我们应该从一个比较持平的角度，去看待姜夔这一类文学家。不仅因为他在音乐上的创造为宋词提供了新的视野，还在于他的作品中表现了战争以外新的内容——毕竟人不只是为战争而活。辛弃疾很明显一直有北伐的意愿，一直到老死，都把它作为生命最高的、最激昂的追求。可是姜夔在走过同样的都市，例如扬州的时候，他感受到的东西可能是月光、荷花。令人为难的是，如果是在亡国的情绪里面，应该看不到月光，也看不到荷花，这是一个矛盾。在文学或艺术的创作上，受到时局的影响是不可避免的，但是看待时局的方法却可以有所不同。

    辛弃疾的句子有一种豪迈、壮阔的感觉，例如"季子正年少，匹马黑貂裘"，而姜夔好像太纤弱了。然而，要注意的是应该把这两部分放在一起来看，不能偏废，才能达到一种平衡。

辛弃疾一生都与政治有非常密切的关系，他年纪轻轻就开始做官，而且做得不错，是南宋朝廷中主战派的代表。一直以来，大家都认为主战派是忠臣，主和派是奸臣。我第一次去杭州的时候，看到岳王庙（又名岳飞庙）前面跪着的秦桧夫妇，每个人走过去还要吐上一口痰。文化已经很明显地把历史当中的人分成"好人"与"坏人"，而且大众是没有选择与思考的余地的。

我一直觉得历史教育中非常重要的一点是要提倡思考。作为一个教育者，大概只有一个责任，就是提供更多的东西让对方了解，使他的选择更多一点。好的文化与历史教育应该是即使我不喜欢某些东西，可是也要让别人知道。我希望在谈文化史的时候，能够跳出在我们身上影响很深的观念，尽管要去抗拒它，并不是那么容易。

辛弃疾一直是朝廷里的主战派，他的文学也和他的政治观点密切相关，经常处于一种慷慨激昂、热血沸腾的状态。事实上辛弃疾并没有北伐中原，没有完成自己的志愿，可是他在文学的世界里不断以此作为动力，发展出非常动人的力量。文学其实很有趣，它大概是对现实世界中所受伤痛的一种慰藉。如果当时辛弃疾带领大军渡淮北上，把金兵杀得片甲不留，我想他的文学世界恐怕又是另外一种景象了。辛弃疾文字里的悲壮和他的挫败感有关，当然这不是他个人的失败，而是因为南宋当时事实上无法对抗北方强大的军事势力。

再说姜夔。他终生没有做官，是一个民间文人，他更关注的是普通人怎么过日子，比方说种荷花、养鸡、喂鱼，他看到的是在改朝换代之外，人还有属于自己的生活。文学有一部分是与时局有关的，像辛弃疾的作品，也有无关或者关系不大的，像姜夔的作品。这两个部分都会在文学里发展出很大的力量。

我觉得辛弃疾的词特别悲壮，它刚好契合了我年轻时读大学时的心情。当时政治以及其他外部局势的变化，让我读辛弃疾的时候感到热血沸腾，因为很像我们自己的处境，好像有一个巨大的压力使我恨不得用生命与外界碰撞。辛弃疾对我们那一代喜欢文艺的年轻人曾发生这么大的影响。但如果是一个个性安静、追求退隐的年轻人，就不见得要要求他接受辛弃疾，每个人都可以为自己选择喜欢哪一个文学家。

"江南游子"

辛弃疾的悲壮越来越强烈，
他忽然发现自己变成了一个荒谬者

辛弃疾这首《水龙吟·登建康赏心亭》是大家比较熟悉的。

水龙吟·登建康赏心亭 ○

楚天千里清秋，水随天去秋无际。遥岑远目，献愁供恨，玉簪螺髻。落日楼头，断鸿声里，江南游子。把吴钩看了，栏杆拍遍，无人会，登临意。　休说鲈鱼堪脍，尽西风，季鹰归未？求田问舍，怕应羞见，刘郎才气。可惜流年，忧愁风雨，树犹如此！倩何人唤取，红巾翠袖，揾英雄泪？

这是辛弃疾到金陵后写的一首词。周邦彦也写过一首《西河·金陵怀古》，两个人在同一个地方，感受却是不一样的。周邦彦想到王谢子弟，想到这个地方的六朝遗迹，是一种怀旧、怀古的感觉；可是辛弃疾想到的是"把吴钩看了，栏杆拍遍，无人会，登临意"。他看着手上的宝刀，很清楚自己是一个江南游子出现在这里，并没有定居在江南，他觉得自己还是要回到北方的。这种文学背后的悲壮感，这种流浪的，没有国、没有家的气氛，一直弥漫在南宋文学里。

"楚天千里清秋，水随天去秋无际"，一开始就是肃杀的、辽阔的、有一点沉郁的感觉。"遥岑远目，献愁供恨"，"遥岑"即远山，眼前所

○《水龙吟》，又名《小楼连苑》《海天阔处》《庄椿岁》《鼓笛慢》《龙吟曲》《丰年瑞》。词牌名，调见宋苏轼《东坡词》。双调，一百零二字、一百零一字、一百零四字、一百零六字，仄韵。

有的山水都带上了愁绪及仇恨，因为国破家亡了。南宋的马远、夏圭，人称"马一角""夏半边"，他们的画叫作"残山剩水"。政治对文学、对美术产生了这么大的影响，画画也好，写诗也好，主题只有一个，就是国破家亡。本来看山看水应该是愉悦的，可是眼前的山和水，都变成了提供愁和恨的基础。

"落日楼头，断鸿声里"，夕阳血红，脱队的孤雁发出凄厉的叫声，都有悲壮的感觉。我们读辛弃疾的词的时候，会感觉到里面有很大的凄厉和悲壮。李白的"壮"不会这么悲，他是雄壮。可是到了南宋，要去发这种大声音的时候，因为感觉到孤单，感觉到凄凉，感觉到无能为力，就会变成"落日"与"断鸿"的感觉。

接着诗人又回到自身来讲："把吴钩看了，栏杆拍遍，无人会，登临意。"这里面当然很悲哀，大概当时主和派力量很大，他想要北伐中原的心意没有人了解，予人凄凉之感。

"休说鲈鱼堪脍，尽西风，季鹰归未？"这里面用了一个典故。晋朝的文学家张翰（字季鹰）因为在秋风起时想念家乡味美的鲈鱼，便辞官回乡去了。这是过去文人歌颂的一个典型，大家觉得他很清高。可是辛弃疾却把这个典故反过来讲——不要告诉我张季鹰的故事，我是身负国家使命，难以回去北方的"江南游子"。"求田问舍，怕应羞见，刘郎才气"，真正有志向的人，真正有开国气度的人，不应该"求田问舍"，而南宋只是寄望于北方不要打过来，从来没有想要回去。辛弃疾的悲壮越来越强烈，他忽然发现自己变成了一个荒谬者。"可惜流年，忧愁风雨，树犹如此"，这里用到《世说新语》的典故，桓温北伐经过金城，看见自己过去种的树已有十围之粗，便感叹地说："木犹如此，人何以堪！"辛弃疾感觉到年岁大了，时间流逝，北伐似乎遥遥无期，就要辜负平生的雄心壮志了。后来，白先勇也有篇文章就叫作《树犹如此》。"倩何人唤取，红巾翠袖，揾英雄泪？"这里深深地传达了一个孤独英雄的悲剧情感。

下面这首《菩萨蛮·书江西造口壁》也是大家很熟悉的。

菩萨蛮○·书江西造口壁

郁孤台下清江水，中间多少行人泪。西北望长安，可怜无数山。　青山遮不住，毕竟东流去。江晚正愁余，山深闻鹧鸪。

"郁孤台下清江水，中间多少行人泪"，郁孤台下的水当中，有多少往来之人的眼泪。"西北望长安，可怜无数山"，这里全部是故国之思。讲的是长安，其实是指汴京，北方的都城已经失守，这么多的山阻挡着，已经看不见故国的首都了。"青山遮不住，毕竟东流去"，但青山毕竟不能阻挡流水，江河还是要继续东流。"江晚正愁余，山深闻鹧鸪"，黄昏时分正在江边愁闷的辛弃疾，忽然听到了鹧鸪的叫声。"正愁余"后来也成了现代诗人郑愁予笔名的取材来源之一。

这首作品里有非常清晰的亡国心事，也有"复国"的盼望，这一类作品大概都须和历史上的大背景结合在一起来看。

○《菩萨蛮》，又名《重叠金》《子夜歌》《巫山一片云》等。词牌名，本唐教坊曲名。双调四十四字，上下片各四句，前后阕均两仄韵转两平韵。

辛弃疾的侠士空间

他似乎是在这个封闭的世界里去完成自己的文学，然后形成一种豪迈的气韵

大家再来看下面的《水调歌头》。

水调歌头

落日塞尘起，胡骑猎清秋。汉家组练十万，列舰耸层楼。谁道投鞭飞渡，忆昔鸣髇血污，风雨佛狸愁。季子正年少，匹马黑貂裘。　今老矣，搔白首，过扬州。倦游欲去江上，手种橘千头。二客东南名胜，万卷诗书事业，尝试与君谋。莫射南山虎，直觅富民侯。

这是我大学时最喜欢的词，我想是因为里面有一些意象的东西吧，例如"季子正年少，匹马黑貂裘"。其实它是一个符号：年轻的时候披着黑色的貂裘，单枪匹马出去作战，很豪迈地来往于敌人之间，有一点武侠小说的感觉。辛弃疾有一种侠气，他的词里侠的味道非常强，表达个人生命的豪迈、正义，或者很高昂的一种气质。当时的我反而没注意到下阕的"今老矣，搔白首，过扬州"。

"落日塞尘起，胡骑猎清秋"，从这里开始展开对北方的回忆——胡人骑马在秋天去打猎，南方不会有这种景象。唐朝的边塞诗人是真的到了塞外，而辛弃疾写塞外和胡骑的时候，很多是想象的。他词作的荒凉和悲壮并不是真实的感觉，他在想象自己豪迈的时候，常常会结合凄凉的东西。我想我们特别需要从历史背景去了解，辛弃疾事实上已经是个南方人了，却不甘心做一个南方人，所以他的词里常常向往着北方的豪迈和辽阔，这个部分也构成他文学上的主调。

第五章　辛弃疾、姜夔　　105

其实，辛弃疾后来非常富有，拥有很多土地，家里也养了众多门客。他在自己小小的世界里，构成了一个很奇特的部分，我觉得和他后来那些豪壮的词作有关。由于南宋朝廷后来根本不主战，所以他就退下来，自己编织一个想象中的侠士空间。他似乎是在这个封闭的世界里去完成自己的文学，然后形成一种豪迈的气韵。

却道"天凉好个秋"

其实真正的愁、生命里面最大的悲哀，
是没有什么话可讲的

我们再看下面的《丑奴儿·书博山道中壁》。辛弃疾是一个创作力非常强的人，创作力强说明生命力很强，即便在赋闲的时候，他也会将生命力一直挥洒出来。

丑奴儿·书博山道中壁

少年不识愁滋味，爱上层楼。爱上层楼，为赋新词强说愁。 而今识尽愁滋味，欲说还休。欲说还休，却道"天凉好个秋"！

《丑奴儿·书博山道中壁》传诵很广，"少年不识愁滋味"现在几乎人人会讲。它在讲一种生命里面非常抽象的感觉。"爱上层楼，为赋新词强说愁"，为了写一首新诗或新词而故意去说"愁"，使得这"愁"变成了捏造出来的东西。"而今识尽愁滋味"，在生命经历过所有的沧桑之后，知道什么叫作真正的愁，结果反而是"欲说还休"。其实真正的愁、生命里面最大的悲哀，是没有什么话可讲的，别人问起的时候，也只能"却道'天凉好个秋'"，说天气好冷，怎么已经到秋天了。诗人用很口语化的表达去做结尾。

这里面也可以对比出辛弃疾的确和姜夔不同。周邦彦、姜夔都是形式主义的诗人，辛弃疾不是，他是重视内容的，所以他会在真正知道什么叫愁的时候，放弃了形式。他根本不想多讲话，只不过说天气好冷而已。

大家可以把李清照和辛弃疾的作品中口语化的部分结合在一起来看，会发现口语在宋词里面扮演的角色。禅宗对宋朝的文学、美学都产生非常大的影响,绘画里面有一派叫作禅画,像梁楷、牧溪,对日本的影响尤其大,绘画形式上的部分要减到最低,把大家能够领悟的余韵提到最高。

禅宗还有一个术语叫作"机锋",是说我讲出一个内容,例如"天凉好个秋",好像没有深意,可是听的人要去领悟里面的意思是什么。很多禅宗的庙里会刻三个字——"吃茶去",这是借着情境点破棒喝的"喝",让人顿悟,从知识的执着回到生活的现实里来。

例如,李翱请教惟俨禅师:"什么是佛法大义?"惟俨禅师指一指天,又指一指桌子上的净瓶。李翱明白了,就说:"我来问道无余说,云在青天水在瓶。"云在天上,水在瓶子里,其实就是一个自然的状况,意思是说:"你不要本末倒置了,每天念佛经,求佛法大义,可是连脚下之事都管不好。"这也是一个机锋,意思是说要回到人最基本的生命认知上。机锋常常是顿悟。

禅宗最有趣的一点是它也带动了白话文学。读书本来是为了求真理,结果越离越远,因为不能够回到生活本身了,所以他们提倡用最简单、最通俗的文字直接去撞破知识的障碍,对当时的文学家产生了很大影响。

从这首《丑奴儿·书博山道中壁》可以看到辛弃疾很不同的面貌。我希望大家在看见辛弃疾作品中国破家亡主题的同时,也能看见他对于生命的青春形式和老年形式的领悟过程。一个诗人的作品很重要的一部分,大概是对于青春的眷恋,以及对老年经历沧桑以后的一种无奈,这一点大概是所有的诗人都有的。辛弃疾会感叹少年时"为赋新词强说愁",而在中年历尽沧桑,了解了生命的状况之后,却只用平白的语言说一句"天凉好个秋"。

那人却在,灯火阑珊处

生命没有寻找的愿望,是不会有答案的,
而答案也许就在寻找的过程里

《青玉案·元夕》是王国维很赞赏的一首作品,从中我们可以看到以往那个像侠士一般,非常关心政治和社会的辛弃疾,表现出他最缠绵、最深情、最婉约的一面。如果没有这个柔软的部分,辛弃疾真的就显得粗鲁了。

青玉案·元夕○

东风夜放花千树,更吹落,星如雨。宝马雕车香满路。凤箫声动,玉壶光转,一夜鱼龙舞。 蛾儿雪柳黄金缕,笑语盈盈暗香去。众里寻他千百度,蓦然回首,那人却在,灯火阑珊处。

"东风夜放花千树",元宵节点亮的盏盏花灯,如同被东风催放的繁花一般。辛弃疾和周邦彦、秦观有很大的不同,他的视野比较辽阔。例如"花千树"与"叶上初阳干宿雨"相比,后者是看到一片荷叶上隔夜雨水留下的痕迹,而辛弃疾看到的是一大片花灯。当然这里面有艺术家的个人精神,范宽画《溪山行旅图》,他看到的就是大山,可是当时也有画家画鹌鹑,看到的就是小小的鸟。人的视觉和听觉会感受不同的东西,在美学的世界,这为我们提供了不同的经验。我们通过周邦彦看到更为纤细的东

○《青玉案》,又名《西湖路》《横塘路》。词牌名,因东汉张衡《四愁诗》"何以报之青玉案"句得名。 双调六十七字,仄韵。

西，他的作品很像工笔画，像刺绣，而辛弃疾绝对是大泼墨，一上来就是"东风夜放花千树。更吹落，星如雨"。辛弃疾和苏轼的作品都有比较大的空间感。

"宝马雕车香满路。凤箫声动，玉壶光转，一夜鱼龙舞"，很有贵族气。元夕的庆祝盛会上，所有人都出来游玩。辛弃疾并没有每天都在那里卧薪尝胆，他其实蛮富有的，日子过得很好，也很向往侠士的风度，他的豪迈和他的富有有很大关系。

"蛾儿雪柳黄金缕"，这是讲女子的饰物。"笑语盈盈暗香去"，这里有一点像李清照。一个好的创作者既需要男性的部分，也需要女性的部分，如果把他女性的部分拆掉，会发现他就只有粗鲁，而少了深情。

下面这部分非常深情，是王国维用来描摹人生境界的句子：众里寻他千百度，蓦然回首，那人却在，灯火阑珊处。到处都是烟火，也许辛弃疾在找他心爱的人、他牵挂的人，但一直找不到，几乎放弃了，忽然一回头，发现那个人就在繁华夜市的微暗灯光中。他在写一个事件，可是文学的精彩在于它不是局限于某个事件，像王国维就把它列为人生三境界的最后一个境界。

第一个境界是"昨夜西风凋碧树，独上高楼，望尽天涯路"，它是对孤独的感悟。第二个境界是"衣带渐宽终不悔，为伊消得人憔悴"，爱一个人，爱到一直消瘦下去，却不觉得后悔，心甘情愿。那是一种痴迷，别人都觉得不值得，可是我们自己觉得值得。然而所有的痴到最后近于绝望的时刻，我们也会怀疑这样下去是不是值得，就在那一刹那，希望几乎是跟着绝望而来："蓦然回首，那人却在，灯火阑珊处"。好的文学会将特定的事件升高为人生复杂的感受。

辛弃疾当然有自己的痴迷，有自己的追逐，有自己在生命中一直坚持的东西。这个东西是不是北伐中原？我想大家也许可以探讨一下。但是

他的确有一种热情和理想,他相信人与人之间有着侠客般的肝胆相照,这也是他要完成的东西。辛弃疾在这些方面完成了自己的生命风范,表面看起来,他没有完成北伐中原的心愿,可是这种热情转成了对这个世界的爱,他成为身边有共同理想的文人的典范。我希望大家能够从这些方面重新感受"众里寻他千百度"的含义,生命里面没有过这个寻找的过程,后面的东西都不会有;并且不是寻找一次,而是"千百度",最后是不是找到并不重要,重要的是你已经找了"千百度",这就是意义。

　　法国作家加缪(1913—1960)讲过古希腊的一个神话故事:西西弗把石头推上山,石头又滚下来,他就再把它推上山。加缪用它去说明生命存在的意义和价值并不在于实现一个目的,而可能就在实现目的的过程里。在这个循环中,生命的意义就在"众里寻他千百度"的状态当中,生命没有寻找的愿望,是不会有答案的,而答案也许就在寻找的过程里。文学的精彩在于它常常会变成象征。其实"蓦然回首"是非常偶然的(法国后来的美学里面常常讲"偶然性"),我们没有办法刻意而求,必须在"千百度"当中累积,没有"千百度","蓦然回首"也没有用。精彩的画面在于"那人却在,灯火阑珊处",生命里面如果许诺给我们这个时刻,大概就值得了。精彩的文学常常在于它错综复杂的对立关系。

村居老人辛弃疾

人其实不光是活在朝代兴亡里，
还要活在简单、朴素的日子中

从《水龙吟·登建康赏心亭》《丑奴儿·书博山道中壁》和《青玉案·元夕》，我们已经看到三个"不同"的辛弃疾，接着再看《清平乐·村居》，这又是另外一个辛弃疾，很像晚年的杜甫，完全是一个村居老人的样子。

清平乐·村居

茅檐低小，溪上青青草。醉里吴音相媚好，白发谁家翁媪？大儿锄豆溪东，中儿正织鸡笼。最喜小儿亡赖，溪头卧剥莲蓬。

"茅檐低小，溪上青青草"，像不像我们小学唱的一些歌？"醉里吴音相媚好"，这里很有意思，辛弃疾本是要死在战场上，不肯做南方人的，他会去批评那些"求田问舍"的人。这里表现了北人南来很有趣的过程，本来"江南游子"是一直要回北方的，可是有一天，大概因为喝醉酒，放松了，忽然听到江南的语音，觉得很柔软，很美好。这个时候，会感觉辛弃疾好像是一个在江南生活很稳定的人。辛弃疾的复杂性有可能是南宋环境造成的"性格分裂"：一方面会唱《满江红》，另一方面又觉得去参加当地人的"丰年祭"也蛮好玩的，不见得一定有冲突。

"白发谁家翁媪"，看到白头发的老先生、老太太，他并不认识，这当然就是民间的老百姓了。辛弃疾的作品里很少出现这样的人，现在自己大概年纪也大了，那种"沙场秋点兵"的豪迈之气过去了，也能体会到这种市井人民过日子的状态。在这种状态里过日子，好像也不太关心朝代兴亡，也不管要不要北伐中原。

下面的句子非常精彩，看到老先生和老太太的大儿子"锄豆溪东"，二儿子"正织鸡笼"；"最喜小儿亡赖"，最喜爱的小儿子调皮、天真无赖，"溪头卧剥莲蓬"，就躺在溪边剥着莲蓬。这是民间非常自然的一个景象，这种画面我们在另外一个辛弃疾身上是看不到的。另外一个辛弃疾永远是紧张的，准备去打仗，准备北伐中原，仿佛稍微躺下来休息就不爱国了。

在《清平乐·村居》里，辛弃疾看到的是自然人的状况，而不是"政治人"。杜甫也有过这种经验，杜甫年轻时的作品大都和战争、忧国忧民有关，可是他晚年回到四川，盖了一间草堂，写的诗大部分就是这一类内容，例如"老妻画纸为棋局，稚子敲针作钓钩"（出自杜甫《江村》）。杜甫最后也回到这个经验，觉得人其实不光是活在朝代兴亡里，还要活在简单、朴素的日子中。南宋后来有一类山水画就是画这种民间生活的景象，有意避开大山水的雄强，甚至觉得对那个部分无能为力，转而回头去肯定生活中一些很简单的事情。

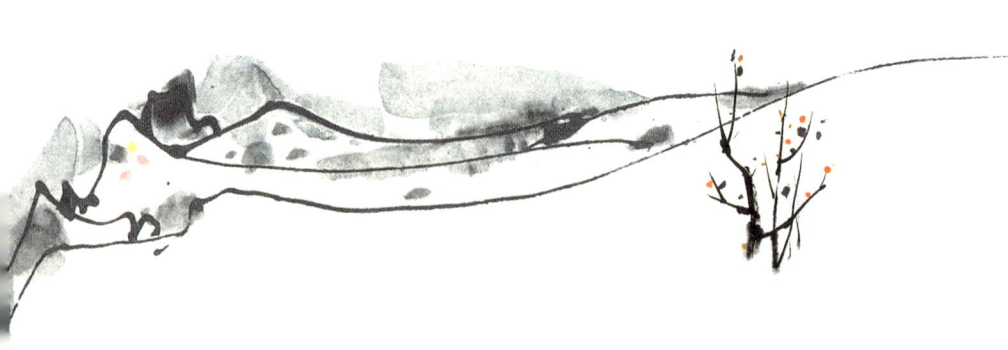

醉里挑灯看剑

塞外是一个遥不可及的世界，
他想象自己处在凄凉悲壮的环境当中

我们看过前面几首辛弃疾比较不同的作品，再回来看他的《破阵子·为陈同甫赋壮词以寄之》。这是我们常常看到的"标准版"辛弃疾。

破阵子·为陈同甫赋壮词以寄之

醉里挑灯看剑，梦回吹角连营。八百里分麾下炙，五十弦翻塞外声，沙场秋点兵。 马作的卢飞快，弓如霹雳弦惊。了却君王天下事，赢得生前身后名。可怜白发生！

"醉里挑灯看剑，梦回吹角连营"，作为军人的辛弃疾出现了。他喝醉了，把灯芯挑起来，让火亮一点，借着火光去看一把宝剑，非常有侠士的感觉。"八百里分麾下炙，五十弦翻塞外声"，对辛弃疾来讲，塞外是一个遥不可及的世界，他想象自己处在凄凉悲壮的环境当中，想象那种"沙场秋点兵"的景象，在理想世界中驰骋疆场。

"马作的卢飞快，弓如霹雳弦惊"，想象中的战争是比真正的战争要美好的，完全像武侠片一样。"了却君王天下事，赢得生前身后名。可怜白发生！"他感觉到自己像个老将军一样。之前讲北宋词的时候提过范仲淹，范仲淹写这一类作品时，本身是戍守边疆的司令官，他在写"将军白发征夫泪"的时候，是真的有那种感觉。而辛弃疾收复北方的梦想，直到"可怜白发生"都没有实现。

千古兴亡，
百年悲笑，一时登览

即使把它从政治里抽离，
那种个人生命和宇宙之间的对话关系也是很迷人的

我们再看《水龙吟·过南剑双溪楼》。《水龙吟》这个词牌辛弃疾写得很多，有一点像《满江红》，是一种比较豪壮的调子。

水龙吟·过南剑双溪楼
举头西北浮云，倚天万里须长剑。人言此地，夜深长见，斗牛光焰。我觉山高，潭空水冷，月明星淡。待燃犀下看，凭栏却怕，风雷怒，鱼龙惨。　　峡束苍江对起，过危楼，欲飞还敛。元龙老矣！不妨高卧，冰壶凉簟。千古兴亡，百年悲笑，一时登览。问何人又卸，片帆沙岸，系斜阳缆？

"举头西北浮云，倚天万里须长剑"，金庸的"倚天剑"似乎是从这里蜕变出来的。武侠小说有一部分是很富于幻想性的，它把侠变成美学，在我们整个文学系统里建立起一个很让人向往的世界，就因为它不是真实的，真实的侠或战争不见得是如此。"人言此地，夜深长见，斗牛光焰"，夜深的时候，在这里能够看到斗星和牛星的光辉。

"我觉山高，潭空水冷，月明星淡"，这部分即使把它从政治里抽离，那种个人生命和宇宙之间的对话关系也是很迷人的。我们在欣赏辛弃疾的时候，会感到他的情操与苏轼很相似，没有那么多的沉溺。反观李清照、秦观、周邦彦和柳永，他们的作品都有很大的沉溺。那种沉溺是深情，可是有一点牵连不断的缠绵，比较接近女性气质。而苏轼、辛弃疾的深情,常常有一种决绝,他们的生命和山高、潭空、水冷在一起的时候,不会眷恋,不会纠缠不清。"待燃犀下看,凭栏却怕,风雷怒,鱼龙惨",这种文字非常接近苏轼的感觉。

"峡束苍江对起,过危楼,欲飞还敛。元龙老矣!不妨高卧,冰壶凉簟",想飞去但还是收敛作罢,身心俱疲,不如高卧家园,还有凉酒和凉席。下面是典型的辛弃疾的句子:"千古兴亡,百年悲笑,一时登览。""一个人一生将近百年的悲苦和欢乐,与千古以来朝代的兴亡,好像一时都可以在这个悬崖上看到,都可以在这座高楼上看到。他有一种超越去看生命当中大经验的眼界。所以最后会有"问何人又卸,片帆沙岸,系斜阳缆?"这样辛弃疾式的典型句子。

杯汝来前

这完全是剧本的写法,因为已经拟设了角色

《沁园春》本是比较豪迈的调子,它是一种长调。但下面这首《沁园春》,表现了辛弃疾在晚年非常有趣的一面。他常常用词来重写古文,把《论语》《庄子》全部化成词,编成新的句法。我觉得这与当时戏剧的流行有很大关系。

沁园春○

将止酒,戒酒杯使勿近。

杯汝来前!老子今朝,点检形骸。甚长年抱渴,咽如焦釜;于今喜睡,气似奔雷。汝说"刘伶,古今达者,醉后何妨死便埋"。浑如此,叹汝于知己,真少恩哉! 更凭歌舞为媒,算合作人间鸩毒猜。况怨无大小,生于所爱;物无美恶,过则为灾。与汝成言,勿留亟退,吾力犹能肆汝杯。杯再拜,道"麾之即去,招则须来"。

"杯汝来前!老子今朝,点检形骸",这句有一点俚语的感觉。"老子"这个词是讲自己,有点像一个演员在舞台上称自己"老夫"的感觉,从中我们可以看出白话与词的关系,以及戏曲与词的关系。"杯汝来前",很像喝醉酒的人讲的话。他不是过去拿杯子,而是说:"杯

○《沁园春》,又名《寿星明》《洞庭春色》等。词牌名。东汉窦宪仗势夺取沁水公主园林,后人作诗以咏其事,此调由此得名。双调一百十四字,另有一百十六字、一百十三字、一百十二字诸体,平韵。

子，你给我过来。"这种文法上颠覆性的文字产生非常有趣的效果。"老子今朝，点检形骸"，"点检"好像应该是检查别人，可是他要检查的是自己。

"甚长年抱渴，咽如焦釜"，形容自己对酒的渴望，好像一个很久没有受到滋润的锅。"……于今喜睡，气似奔雷"，这些文字都是比较粗犷、比较直接的，把婉约派的词完全颠覆了。幸好辛弃疾还有《丑奴儿》《青玉案》这一类比较深情婉约的词，否则，我们会觉得《沁园春》等词作太过随意，词的工整性几乎不管了。

"汝说'刘伶，古今达者，醉后何妨死便埋'"，在"汝说"之后是杯子的"语言"，这完全是剧本的写法，因为已经拟设了角色。辛弃疾这一类作品越来越倾向于戏剧的规则，他会拟定"你说""我说""我怎么样""你怎么样"。

"浑如此，叹汝于知己，真少恩哉！"这里越来越不像词了。今天我们也会讲某人的现代诗写得像散文，可是散文和现代诗的界限其实非常暧昧。很多人说诗词要押韵、有平仄，散文不必，可是不一定，散文有时候也有它的对仗。我们读秦观的"自在飞花轻似梦，无边丝雨细如愁"，会觉得它有着比较严格的诗的锤炼，有丰富的隐喻在里面。可是辛弃疾的《沁园春》是平铺直叙的，诗意比较少。我相信这样的作品在当时也一定引发了很大的争议，很多人会觉得这根本不像词。

"更凭歌舞为媒，算合作人间鸩毒猜。况怨无小大，生于所爱；物无美恶，过则为灾"，这根本是把庄子的句子直接拿来用了。"与汝成言，勿留亟退，吾力犹能肆汝杯"，他把杯子当成一个对象、一个活人来看待。"杯再拜，道'麾之即去，招则须来'"，杯子回他说："你要我走我就走，你要我来我就来。"这里产生了很多戏剧性对话的空间。

讲到元曲的时候，大家会更清楚地看到，这一类句法在民间戏剧当中早就已经出现。可能由于辛弃疾等人的好奇，也由于自身创作力的旺盛，于是就采用这样的形式来写词，可是并不说明他们一定将其作为主流。

悲壮美学

荒凉、悲壮有时候会变成一种美学，变成我们个人与时代纠缠的心境

下面两首是辛弃疾比较典型的作品，第一首是《贺新郎·别茂嘉十二弟》。

贺新郎·别茂嘉十二弟

绿树听鹈鴂。更那堪鹧鸪声住，杜鹃声切。啼到春归无寻处，苦恨芳菲都歇。算未抵人间离别。马上琵琶关塞黑，更长门翠辇辞金阙。看燕燕，送归妾。　将军百战身名裂。向河梁回头万里，故人长绝。易水萧萧西风冷，满座衣冠似雪。正壮士悲歌未彻。啼鸟还知如许恨，料不啼清泪长啼血。谁共我，醉明月？

我年轻的时候，最喜欢这首词的下阕。"易水萧萧西风冷，满座衣冠似雪"，很迷人，完全像日本武士电影。这里讲的是众人送别荆轲的情景，大家都穿着白色的衣服，因为知道荆轲此去或许就是死亡，其中有一种悲壮。现在回想起当年那么喜欢这种句子，正是因为它的悲壮，恨不得自己能够去参与这样一种死亡性的抗争。它的内容不是充满希望的，也不是温暖的，而是绝望的——很雄壮，却是绝望的雄壮。"正壮士悲歌未彻。啼鸟还知如许恨，料不啼清泪长啼血。谁共我，醉明月"，这大概是最典型的辛弃疾的句子了。

这首词的上阕是在写王昭君："绿树听鹈鴂，更那堪鹧鸪声住，杜鹃声切。啼到春归无寻处，苦恨芳菲都歇"，这里讲花在凋零。"芳菲"是指花，也是指一个年轻女子的青春岁月。"算未抵人间离别"，带出了

王昭君。"马上琵琶关塞黑",她带着琵琶骑在马上,要嫁到塞外去了。"更长门翠辇辞金阙","长门"本是指汉武帝陈皇后被废黜后居住的长门宫,这里指王昭君出塞前居住的地方,"翠辇"指镶满了翠鸟羽毛的车子。王昭君辞别皇帝,骑上马,带着琵琶远走。

在这首词里,诗人讲了两种悲哀,一种是王昭君的悲哀,另一种是荆轲的悲哀。有的说法则是,这首词描述了五件离别或悲伤之事,除了昭君出塞和亲、荆轲临易水悲歌之外,"更长门翠辇辞金阙"谈的便是陈皇后被打入长门冷宫,"看燕燕,送归妾"是庄姜送别离开卫国的妾,而"将军百战身名裂。向河梁回头万里,故人长绝"则是李陵送苏武归汉一事。无论如何,似乎都是在借这些人来讲自己的生命,可是辛弃疾事实上并没有真正这么荒凉过,他只是在他的"理想国"里表现这种荒凉。在亡国又盼望复国的时代,荒凉、悲壮有时候会变成一种美学,变成我们个人与时代纠缠的心境。我们在年轻的时候,可能非常希望做荆轲,做林觉民,或者是岳飞那种人,很向往那种绝望、悲壮的牺牲,也许在现实里无法完成,可是在文学世界里,它变成了一个美学的典型。

在我们的文化史上,这种美学产生了很大影响,例如《林冲夜奔》这出戏,表现的是一个不断被欺压的男子夜奔逃亡的荒凉与悲壮,这是传统戏里面非常动人的画面。我的意思是说,一个人在现实当中受到挫折和阻碍后的出奔、出走,可能要作为一个可以抽离出来的美学模板来看待。这首词里讲到的昭君、荆轲,尤其是"易水萧萧西风冷,满座衣冠似雪",很明显有很大一部分是辛弃疾在讲自己,他把自己设定为历史里面这种悲壮的人物。文化史上最早在这方面产生影响的可能是《史记·刺客列传》,荆轲、聂政等人物所展现的风范,就是用极大的热情去碰撞他所认为的社会里面不义的东西,以完成自己生命的悲壮。辛弃疾其实一直在追求这样的美学,也在他的文学里得到了最高的表现。

我们最后看他的《永遇乐·京口北固亭怀古》。

永遇乐·京口北固亭怀古

千古江山，英雄无觅，孙仲谋处。舞榭歌台，风流总被，雨打风吹去。斜阳草树，寻常巷陌，人道寄奴曾住。想当年，金戈铁马，气吞万里如虎。

元嘉草草，封狼居胥，赢得仓皇北顾。四十三年，望中犹记，烽火扬州路。可堪回首，佛狸祠下，一片神鸦社鼓。凭谁问：廉颇老矣，尚能饭否？

在江南这样的地方，对于孙权等历史人物，辛弃疾有一种怀旧，可是他还是希望通过这种怀旧激发自己的激昂之气，最后归到"金戈铁马，气吞万里如虎"。在这样的地方想起这些历史上有过企图心的英雄，好像给予他很大的豪壮之气。这和周邦彦的"金陵怀古"是完全不同的调子。他不仅是在回忆、怀旧，更是让自己体会到当年那些人生命的开拓性。

在下阕中，辛弃疾把自己比喻成老年的廉颇，别人在问"你最近吃饭怎么样呀？"从而判定他还能不能打仗，还有没有志气——换到辛弃疾身上，就是问还有没有北伐中原的企图心。用这样的问句来结尾，还是继续了他的豪迈之气。

二十四桥仍在，
波心荡，冷月无声

他不讲那种大气派或气势，
就是这样给人一种精致幽静的感觉

我们现在看看姜夔笔下的扬州。同样是写扬州，姜夔与辛弃疾有很大的不同。在南北隔离的时候，扬州等于是最重要的一个防守城市，扬州一破，江南大概就破了。下面是姜夔的《扬州慢》，可与辛弃疾的《永遇乐》做个对比。

扬州慢○

淳熙丙申至日，予过维扬。夜雪初霁，荠麦弥望。入其城，则四顾萧条，寒水自碧，暮色渐起，戍角悲吟。予怀怆然，感慨今昔，因自度此曲。千岩老人以为有《黍离》之悲也。

淮左名都，竹西佳处，解鞍少驻初程。过春风十里，尽荠麦青青。自胡马窥江去后，废池乔木，犹厌言兵。渐黄昏，清角吹寒，都在空城。杜郎俊赏，算而今重到须惊。纵豆蔻词工，青楼梦好，难赋深情。二十四桥仍在，波心荡，冷月无声。念桥边红药，年年知为谁生？

在姜夔之前是没有《扬州慢》这个词牌的，这是他的自创曲。他经过扬州时，夜里本来下过雪，刚刚放晴了。这里之前打过仗，还听得到军

○《扬州慢》，词牌名。南宋姜夔自制曲。夔路过扬州，有感于城邑被金兵劫掠后的萧条而制。双调九十八字，平韵。

营号角很悲哀的声音。他感觉很难过，因为扬州本来是一个非常繁华的地方，可是现在变成了前线，变得非常萧条。于是他就"自度此曲"，作了《扬州慢》的曲子，再填上词，可见他还是音乐家。我们来感受一下他的写法和辛弃疾哪里不同。

"淮左名都，竹西佳处"，我们在讲唐诗时就说过"腰缠十万贯，骑鹤上扬州"，可见扬州是一个繁华之地，是一个享乐之地。"解鞍少驻初程"，他在这淮河边有名的古城停留。

形式主义词人的作品，我们对其文句上的解读会越来越难，因为每一个字都非常讲究音乐性。金人南下，打到扬州，原本繁华的城市已经废弃、凋零。老百姓现在提到打仗还是很厌烦。"犹厌言兵"这样的句子在辛弃疾的词里是看不到的，辛弃疾是非常"金戈铁马"的。可是姜夔看到老百姓的表现是"犹厌言兵"，因为一个繁华的地方变成了一片废墟，老百姓受尽战争的痛苦，希望不要再打仗了。这就是文化史上要看到两面，甚至三面、四面，它们各有不同的角度。对象同样是扬州，辛弃疾和姜夔看到的是这么不一样。

"渐黄昏，清角吹寒，都在空城"，黄昏的时候，姜夔在扬州城散步，听到城中的号角声响起，感觉到荒凉与寒冷。曾经最繁华的扬州，忽然变成了空城，这是战争过后的悲惨状况。姜夔的文学也有自己的观点和态度，而这也造就了与辛弃疾的平衡。

"杜郎俊赏，算而今重到须惊"，"杜郎"指唐朝的杜牧，他在扬州写过一首非常有名的《遣怀》诗："落魄江湖载酒行，楚腰纤细掌中轻。十年一觉扬州梦，赢得青楼薄幸名。"另外还有一首《赠别》："娉娉袅袅十三余，豆蔻梢头二月初。春风十里扬州路，卷上珠帘总不如"。杜牧曾经这么欣赏这个城市，从唐朝中期到现在三四百年过去了，他如果再次来到扬州也会吓一跳，因为战争已经使扬州变得残破不堪了。

"纵豆蔻词工,青楼梦好,难赋深情",姜夔在这个时候自度一曲《扬州慢》,写完以后交给这些处在"豆蔻年华"的女孩子,让她们按照谱子把词唱出来。这些年轻的歌手、伶工可以把词唱得这么工整,扬州歌楼上的绮梦还很美好,可是"难赋深情",好像觉得毕竟有些东西没有圆满,背后就是在讲战争。姜夔很委婉,并没有直接说是什么原因导致"难赋深情"。

"二十四桥仍在,波心荡,冷月无声",这句是从杜牧的诗出来的。"二十四桥明月夜"是杜牧写扬州的句子,讲扬州的繁华,姜夔把它转成了"二十四桥仍在"。"波心荡,冷月无声",波心还在荡漾,可是冷冷的月亮一点声音都没有。繁华已经过去了,连月亮都很悲凉,没有话可讲。

"金戈铁马,气吞万里如虎"和"波心荡,冷月无声"是两个完全不同的意境,我们很难比较哪一个好,哪一个不好,也许我们的生命里需要"金戈铁马"的时候,与需要"冷月无声"的时候,是不同的情境。有时候我们会在"金戈铁马"中得到慷慨激昂的美,有时候我们会在"冷月无声"里感觉到萧条荒凉的美。文学不能定于一尊的原因大概也在这里,我们生命的情境需要不同的东西来做比附。

"念桥边红药,年年知为谁生",姜夔文字的精练非常惊人,他不讲那种大气派或气势,就是这样给人一种精致幽静的感觉。

只讲自己的心事

山水是内在心事的荒凉表白，
只是作者自己的心事

下面姜夔这首《点绛唇·丁未冬过吴松作》的词牌很女性化，有一种比较纤细的美。

点绛唇·丁未冬过吴松作

燕雁无心，太湖西畔随云去。数峰清苦，商略黄昏雨。　第四桥边，拟共天随住。今何许？凭栏怀古，残柳参差舞。

"燕雁无心"，其实鸿雁没有特别的意思，它们只是"太湖西畔随云去"，来来去去只是自然现象。"数峰清苦，商略黄昏雨"，几座山峰清清凉凉架立在那边，好像在商量黄昏的时候是否要下雨，有一种画面感。我们回想一下辛弃疾笔下的山水：遥岑远目，献愁供恨。可是在"数峰清苦，商略黄昏雨"里，山水是内在心事的荒凉表白，它与政治无关，与历史无关，与社会无关，只是作者自己的心事。所有辛弃疾外放的部分，姜夔都收回来。"第四桥边，拟共天随住。今何许？凭栏怀古，残柳参差舞"，这是姜夔非常个人化的凄苦心境的写照。

下面的《长亭怨慢》也是姜夔的"自度曲"，他音乐家的身份甚至要远超过文学家的身份。我在香港的时候，曾经听过一所大学里整理出来、用广东话唱的《长亭怨慢》，他们认为那是古谱，也就是姜夔古调的唱法。如果今天我们用普通话唱，其实很多音韵都不合了，而广东话里面很多音韵与古调更合一点。

长亭怨慢

余颇喜自制曲。初率意为长短句,然后协以律,故前后阕多不同。桓大司马云:"昔年种柳,依依汉南;今看摇落,凄怆江潭;树犹如此,人何以堪?"此语余深爱之。

渐吹尽枝头香絮,是处人家,绿深门户。远浦萦回,暮帆零乱向何许。阅人多矣,谁得似长亭树。树若有情时,不会得青青如此。 日暮。望高城不见,只见乱山无数。韦郎去也,怎忘得玉环分付。第一是早早归来,怕红萼无人为主。算空有并刀,难剪离愁千缕。

"阅人多矣,谁得似长亭树。树若有情时,不会得青青如此。"这几句是整首词最重要的部分。"长亭"是和朋友告别的地方,"长亭树"是长在告别的亭子旁边的树。每一次的告别都是伤心、哀苦的,如果长亭旁边的树也有情的话,不应该"青青如此",不该这么绿,这里把咏物转成咏人。过去,这方面用得最好的是唐朝的李贺,"天若有情天亦老"里说的是"天若有情",姜夔这里用到的是"树若有情"。

"日暮。望高城不见,只见乱山无数。韦郎去也,怎忘得玉环分付",用到了韦皋和玉箫女的典故。"第一是早早归来,怕红萼无人为主。算空有并刀,难剪离愁千缕",这里的很多意象在其他古诗词里也出现过,只是姜夔重新将它们经营与拼凑,他编织经营的技巧可能更高。在不重视形式主义的文学史上,常常会对姜夔有所贬低,认为他不过是一个精雕细琢的工匠而已。胡适称姜夔为"词匠",他认为此人在炼字炼句以及锤炼音乐性方面都有所贡献。

借此,希望大家能够了解,北宋词转向南宋词的时候在美学上发生了什么变化,以及这个变化在文学史上的贡献。

第五章　辛弃疾、姜夔　127

附录

念奴娇·赤壁怀古①
苏 轼②

　　大江③东去,浪淘尽,千古风流人物。故垒④西边,人道是,三国周郎⑤赤壁。乱石穿空,惊涛拍岸,卷起千堆雪。江山如画,一时多少豪杰。　遥想公瑾当年,小乔初嫁了,雄姿英发⑥。羽扇纶巾⑦,谈笑间,樯橹⑧灰飞烟灭。故国⑨神游,多情应笑我,早生华发⑩。人生如梦,一尊⑪还酹⑫江月。

（入选部编版高中语文教科书必修上册）

[注释]

①选自《东坡乐府笺》卷二（上海古籍出版社2009年版）。②苏轼：1037—1101，北宋文学家、书画家。字子瞻，一字和仲，号东坡居士。眉州眉山（今四川眉山）人。苏洵子。少承母程氏亲授以书。十余岁，博通经史。仁宗嘉祐二年(1057)与弟苏辙中同榜进士，为主考欧阳修所赏识。③大江：指长江。④故垒：旧时军队营垒的遗迹。⑤周郎：即周瑜（175—210），字公瑾，孙权军中指挥赤壁大战的将领。二十四岁时即出任要职，军中皆呼为"周郎"。⑥雄姿英发：姿容雄伟，英气勃发。⑦羽扇纶（guān）巾：（手持）羽扇，（头戴）纶巾。这是儒者的装束，形容周瑜有儒将风度。纶巾，配有青丝带的头巾。⑧樯（qiáng）橹：代指曹操的战船。樯，挂帆的桅杆。橹，一种摇船的桨。⑨故国：指赤壁古战场。⑩多情应笑我，早生华发：应笑我多愁善感，过早地长出花白的头发。⑪尊：同"樽"，一种盛酒器。这里指酒杯。⑫酹（lèi）：将酒洒在地上，表示凭吊。

水调歌头①
苏 轼

　　丙辰②中秋，欢饮达旦，大醉，作此篇，兼怀子由③。

明月几时有?把酒问青天。不知天上宫阙④,今夕是何年。我欲乘风归去⑤,又恐琼楼玉宇⑥,高处不胜寒。起舞弄清影⑦,何似⑧在人间。

转朱阁,低绮户,照无眠⑨。不应有恨,何事长向别时圆⑩?人有悲欢离合,月有阴晴圆缺,此事古难全。但愿人长久,千里共婵娟⑪。

(入选部编版语文教科书九年级上册)

[注释]

①选自《东坡乐府笺》卷一(上海古籍出版社2009年版)。水调歌头,词牌名。②丙辰:宋神宗熙宁九年(1076)。③子由:苏轼的弟弟苏辙,字子由。④宫阙:宫殿。⑤归去:回到天上去。⑥琼楼玉宇:美玉砌成的楼宇,指想象中的月中仙宫。⑦起舞弄清影:意思是诗人在月光下起舞,影子也随着舞动。⑧何似:哪里比得上。⑨转朱阁,低绮(qǐ)户,照无眠:月儿转过朱红色的楼阁,低低地挂在雕花的窗户上,照着不能入睡的人(指诗人自己)。⑩不应有恨,何事长向别时圆:(月儿)不该有什么怨恨吧,为什么偏在人们不能团聚时圆呢?何事,为什么。⑪婵娟:本意指妇女姿态美好的样子,这里指月亮。

苏幕遮①

周邦彦②

燎沉香③,消溽暑④。鸟雀呼晴,侵晓⑤窥檐语。叶上初阳干宿雨⑥,水面清圆,一一风荷举。 故乡遥,何日去?家住吴门⑦,久作长安旅⑧。五月渔郎相忆否?小楫⑨轻舟,梦入芙蓉浦⑩。

(入选人教版高中语文选修教材《中国古代诗歌散文欣赏》)

[注释]

①选自孙虹《清真集校注》(中华书局2002年版)。苏幕遮,词牌名。②周邦彦:1057—1121,字美成,号清真居士,钱塘(今浙江杭州)人。妙解音律,善于作词,宋徽宗时曾任大晟乐府提举官,进一步完善了词的体制形式。他的词

富艳精工,自成一家,有"词家之冠""词中老杜"之称,但在内容上有明显不足,多为泛咏旅思、绮情之作。③燎沉香:燎,烧。沉香,木名,其芯材可作熏香料。④消溽(rù)暑:消除潮湿的暑气。溽,湿润、潮湿。⑤侵晓:快天亮之时。侵,渐近。⑥叶上初阳干宿雨:初升的太阳晒干了荷叶上残留的雨水。宿雨,昨夜下的雨。⑦吴门:即现在的江苏苏州。⑧久作长安旅:长年旅居在京城。长安,借指北宋的都城汴京。⑨楫(jí):桨。⑩芙蓉浦:有荷花的水边。芙蓉,又叫"芙蕖",荷花的别称。浦,水边。

一剪梅①
李清照②

红藕香残玉簟秋③。轻解罗裳,独上兰舟。云中谁寄锦书来④?雁字⑤回时,月满西楼⑥。　花自飘零水自流。一种相思,两处闲愁⑦。此情无计可消除,才下眉头,却上心头⑧。

(入选人教版高中语文选修教材《中国古代诗歌散文欣赏》)

[注释]

①选自王仲闻《李清照集校注》(人民文学出版社1979年版)。一剪梅,词牌名。②李清照:1084—1155,宋代著名女词人,号易安居士,济南(今山东济南)人。这首词是作者写给她丈夫赵明诚的,极言自己独居生活的寂寞和相思之苦。③玉簟(diàn)秋:意思是秋席生凉了。玉簟,洁净如玉的竹席。簟,竹席。秋,秋凉、凉意。④云中谁寄锦书来:这是作者盼望她丈夫来信。云中,空中。我国古代有鸿雁传书的说法,鸿雁从天上飞来,故称"云中"。锦书,写在锦帛上的信。据《晋书》记载,窦滔妻苏氏曾织锦为《回文璇玑图诗》,寄给她的丈夫。后来就用"锦书"指代妻子给在外丈夫的信。这里是反用其义,指在外的丈夫寄给妻子的信。⑤雁字:指鸿雁飞行的队形,有时像"一"字,有时像"人"字。⑥月满西楼:意思是鸿雁飞回之时,西楼洒满了月光。⑦一种相思,两处闲愁:意思是彼此都在思念对方,可又不能互相倾诉,只好各在一方独自愁闷着。两处,指夫妻双方。⑧才下眉头,却上心头:意思是,眉上愁云刚消,心里又愁了起来。

醉花阴①

李清照

薄雾浓云愁永昼②,瑞脑销金兽③。佳节又重阳,玉枕纱厨④,半夜凉初透。东篱把酒黄昏后,有暗香盈袖⑤。莫道不销魂,帘卷西风,人比黄花瘦。

(入选人教版高中语文教科书必修4)

[注释]

①选自《李清照集校注》(人民文学出版社1979年版)。醉花阴,词牌名。这首词是作者早年的作品。②永昼:漫长的白天。③瑞脑销金兽:瑞脑香在金兽炉中焚烧着。瑞脑,一种香料,又称龙脑。金兽,兽形的铜香炉。④纱厨:纱帐,用木架撑起轻纱做成的帐子,夏季用以避蚊蝇。⑤暗香盈袖:清淡的香气充满衣袖。

声声慢①

李清照

寻寻觅觅,冷冷清清,凄凄惨惨戚戚②。乍暖还寒③时候,最难将息④。三杯两盏淡酒,怎敌他、晚来风急!雁过也,正伤心,却是旧时相识。 满地黄花⑤堆积,憔悴损⑥,如今有谁堪⑦摘?守着窗儿,独自怎生得黑⑧!梧桐更兼细雨,到黄昏、点点滴滴。这次第⑨,怎一个愁字了得⑩!

(入选部编版高中语文教科书必修上册)

[注释]

①选自《李清照集校注》卷一(人民文学出版社1979年版)。声声慢,词牌名。北宋末年李清照南渡避乱,不久北宋灭亡,丈夫病死,她只身逃难,境遇悲惨。这首词是作者南渡后晚年的作品。②戚戚:悲愁、哀伤的样子。③乍暖还(huán)寒:忽暖忽冷,天气变化无常。④将息:养息,休息。⑤黄花:菊花。⑥憔悴损:枯萎,凋零殆尽。憔悴,凋零、枯萎。损,这里相当于"极",表示程度很深。⑦堪:可以,能够。⑧怎生得黑:怎样挨到天黑。怎生,怎么、怎样。⑨次第:

光景,状况。⑩怎一个愁字了得:意思是,一个"愁"字怎么能概括得尽呢?

水龙吟·登建康赏心亭①
辛弃疾②

楚天千里清秋,水随天去秋无际。遥岑远目③,献愁供恨,玉簪螺髻④。落日楼头,断鸿⑤声里,江南游子。把吴钩⑥看了,栏杆拍遍,无人会,登临意。

休说鲈鱼堪脍⑦,尽西风,季鹰⑧归未?求田问舍⑨,怕应羞见,刘郎才气⑩。可惜流年,忧愁风雨,树犹如此⑪!倩⑫何人唤取,红巾翠袖⑬,揾⑭英雄泪?

(入选人教版高中语文教科书必修4)

[注释]

①水龙吟,词牌名。这首词写于宋孝宗淳熙元年(1174)秋,作者在江东安抚司参议官任上。这时他南渡已12年之久,尚未得到北伐抗敌的机会。建康赏心亭,建康,今江苏南京。赏心亭,在建康下水门城上,下临秦淮河。②辛弃疾:1140—1207,字幼安,号稼轩,历城(今山东济南)人。南宋词人。辛弃疾于宋高宗绍兴三十二年(1162)率北方抗金义军万余人回到南宋,但南宋朝廷只派他任地方官,并不用他北上抗金,因此他的词中多表达自己内心的愤慨之思和爱国之情。③遥岑(cén)远目:眺望远处的山岭。岑,小而高的山。④玉簪螺髻:玉做的簪子和像海螺形状的发髻,这里用以比喻高矮和形状各不相同的山岭。⑤断鸿:失群的孤雁。⑥吴钩:古代吴地制造的一种宝刀。⑦脍(kuài):把鱼、肉切细。⑧季鹰:晋朝吴地人张翰,字季鹰。《世说新语》载:他在洛阳做官,在秋季西风起时,想到家乡莼菜羹和鲈鱼脍的美味,便立即辞官回乡。后来的文人将思念家乡、弃官归隐称为莼鲈之思。⑨求田问舍:购买田地和房舍。据《三国志·陈登传》载:许汜(sì)向刘备诉说自己去拜访陈登时,陈登不理睬他,自己上大床躺下,而让许汜睡在地上。刘备说:当今天下大乱,你没有救世之意,只知道求田问舍,言无可采。如果是我,就睡在百尺楼上,而让你睡在地上。这里是指那些只知求私利而不关心国家安危的人。⑩刘郎才气:指有雄才大略的刘备。⑪树犹如此:语出《世说新语》。晋朝的桓温北伐,途中见到自己早年栽

种的柳树已粗过十围,便叹息说:"木犹如此,人何以堪!"此处借以抒发自己不能为抗击敌人、收复失地而效力,徒然虚度时光的感慨。⑫倩(qìng):请(别人为自己做事)。⑬红巾翠袖:代指女子。⑭揾(wèn):擦拭(眼泪)。

丑奴儿·书博山道中壁①

辛弃疾

少年不识愁滋味,爱上层楼。爱上层楼②,为赋新词强③说愁。 而今识尽愁滋味,欲说还休。欲说还休,却道"天凉好个秋"!

(入选部编版语文教科书九年级上册)

[注释]
①选自《稼轩词编年笺注》卷二(上海古籍出版社1993年版)。丑奴儿,词牌名,又名"采桑子"。博山,在今江西广丰西南。②层楼:高楼。③强(qiǎng):竭力,极力。

清平乐·村居①

辛弃疾

茅檐低小,溪上青青草。醉里吴音②相媚好,白发谁家翁媪③? 大儿锄豆溪东,中儿正织鸡笼。最喜小儿亡赖④,溪头卧剥莲蓬。

(入选部编版语文教科书四年级下册)

[注释]
①清平乐:词牌名。"乐",这里读 yuè。村居:词题。②吴音:这首词是辛弃疾闲居带湖(今属江西)时写的。此地古代属吴地,所以称当地的方言为"吴音"。③翁媪:老翁和老妇。④亡赖:同"无赖",这里指顽皮、淘气。"亡",这里读 wú。

破阵子·为陈同甫赋壮词以寄之①
辛弃疾

醉里挑灯看剑,梦回②吹角连营③。八百里分麾下炙④,五十弦翻塞外声⑤,沙场⑥秋点兵。　马作的卢飞快⑦,弓如霹雳⑧弦惊。了却⑨君王天下事⑩,赢得生前身后名。可怜白发生!

(入选部编版语文教科书九年级下册)

[注释]

①选自《稼轩词编年笺注》卷二(上海古籍出版社1993年版)。破阵子,词牌名。陈同甫(1143—1194),名亮,婺(wù)州永康(今属浙江)人,南宋思想家、文学家。赋,写作。壮词,雄壮的词。②梦回:梦中回到。③连营:连在一起的众多军营。④八百里分麾(huī)下炙(zhì):意思是,把酒食分给部下享用。八百里,指牛,这里泛指酒食。《世说新语·汰侈》载:晋王恺(kǎi)有良牛,名"八百里驳"。王济与之比射,以此牛为赌物,恺输,杀牛作炙。麾下,军旗下面,指部下。炙,烤熟的肉食。⑤五十弦翻塞外声:五十弦,原指瑟,这里泛指乐器。翻,演奏。塞外声,指悲壮粗犷的军乐。⑥沙场:战场。⑦马作的(dì)卢飞快:战马像的卢马那样跑得飞快。的卢,额部有白色斑点的马。《三国志·蜀书·先主传》载:刘备在荆州遇险,他所骑的的卢马"一踊三丈",驮他脱险。⑧霹雳:响雷,震雷。这里喻指射箭时弓弦的响声。⑨了却:了结,完成。⑩天下事:这里指收复北方失地的国家大事。

永遇乐·京口北固亭怀古①
辛弃疾

千古江山,英雄无觅,孙仲谋处。舞榭歌台,风流总被,雨打风吹去。斜阳草树,寻常巷陌,人道寄奴曾住②。想当年,金戈铁马,气吞万里如虎③。　元嘉草草④,封狼居胥⑤,赢得仓皇北顾⑥。四十三年⑦,望中犹记,烽火扬州路⑧。可堪回首,佛狸祠⑨下,一片神鸦⑩社鼓⑪。凭谁问:廉颇老矣,尚能饭否^⑫?

（入选部编版高中语文教科书必修上册）

[注释]
①选自《稼轩词编年笺注》卷五（上海古籍出版社1993年版）。永遇乐，词牌名。这首词作于宋宁宗开禧元年（1205）。②寄奴曾住：寄奴是南朝宋武帝刘裕（363—422）的小名。刘裕的祖先移居京口，他在这里起事，晚年推翻东晋做了皇帝。③想当年，金戈铁马，气吞万里如虎：刘裕曾两次率领东晋军队北伐，收复洛阳、长安等地。④元嘉草草：南朝宋文帝刘义隆好大喜功，仓促北伐，遭到重创。元嘉，宋文帝刘义隆的年号（424—453）。草草，轻率。⑤封狼居胥：汉武帝元狩四年（前119），霍去病远征匈奴，歼敌七万余，封狼居胥山而还。封，登山祭天，以纪功勋。狼居胥，山名，即今蒙古国境内的肯特山。这里用"元嘉北伐"告诫南宋朝廷要汲取历史教训。《宋书·王玄谟传》载刘义隆对殷景仁说："闻王玄谟陈说，使人有封狼居胥意。"⑥北顾：败逃中回头北望。⑦四十三年：作者于宋高宗绍兴三十二年（1162）南归，到写这首词时正好四十三年。⑧烽火扬州路：扬州一带抗金的烽火。⑨佛（bì）狸祠：北魏太武帝拓跋焘（408—452）小名"佛狸"。公元450年，他反击刘宋，兵锋南下，在长江北岸瓜步山上建立行宫，后称"佛狸祠"。⑩神鸦：指在庙里吃祭品的乌鸦。⑪社鼓：社日祭祀土地神的鼓声。南宋时期，当地老百姓只把佛狸祠当作一般祠庙来祭祀供奉，而不知道它过去曾是北魏皇帝的行宫。⑫廉颇老矣，尚能饭否：据《史记·廉颇蔺相如列传》，战国时赵国名将廉颇被免职后跑到魏国，后来赵王想重新起用他，派人去探看他的身体状况。廉颇在使者面前吃下饭一斗、肉十斤，披甲上马，以示尚可大用。使者受廉颇仇人郭开的贿赂，回来报告赵王说："廉将军虽老，尚善饭，然与臣坐，顷之三遗矢矣。"（矢，同"屎"。）赵王以为廉颇已老，遂不召。

扬州慢^①
姜夔

淳熙丙申至日^②，予过维扬^③。夜雪初霁^④，荠麦^⑤弥望^⑥。入其城，则四

顾萧条，寒水自碧，暮色渐起，戍角[7]悲吟。予怀怆然[8]，感慨今昔，因自度此曲。千岩老人[9]以为有《黍离》之悲[10]也。

淮左[11]名都，竹西[12]佳处，解鞍少驻初程[13]。过春风十里[14]，尽荠麦青青。自胡马窥江[15]去后，废池[16]乔木[17]，犹厌言兵。渐黄昏，清角吹寒，都在空城。

杜郎俊赏，算而今重到须惊[18]。纵豆蔻词工，青楼梦好，难赋深情[19]。二十四桥[20]仍在，波心荡，冷月无声。念桥边红药，年年知为谁生[21]？

（入选人教版高中语文选修教材《中国古代诗歌散文欣赏》）

[注释]

①选自夏承焘《姜白石词编年笺校》（中华书局1961年版）。姜夔（1155—1221?），字尧章，号白石道人，饶州鄱阳（今江西波阳）人。自幼随父宦居汉阳，后迁湖州。浪迹江湖，布衣终身。工诗词，善书法，精音律。其词善以健笔写柔情，风格清峻峭拔。②至日：冬至这一天。③维扬：扬州的别名。④霁（jì）：天由雪转晴。⑤荠麦：野生的麦子。⑥弥望：满眼。⑦戍角：守城士兵的号角声。⑧怆然：悲伤的样子。⑨千岩老人：指作者的叔岳父萧德藻，字东夫，号千岩老人。福建闽清人，在当时颇有诗名。⑩《黍离》之悲：国家沦亡的悲痛。⑪淮左：即淮东。宋时在淮河下游的地区设淮南东路。扬州是淮南东路的著名城市。⑫竹西：亭名，在扬州北门外五里，禅智寺左侧。⑬解鞍少驻初程：完成旅程的最初阶段后，在扬州停留，稍事休息。⑭春风十里：杜牧《赠别》诗："春风十里扬州路，卷上珠帘总不如。"这里用其意，指昔日扬州的繁华街道。⑮胡马窥江：指金兵南侵至长江。宋高宗建炎三年（1129）和绍兴三十一年（1161），金兵两次南侵，窥伺欲渡长江，扬州两次都遭到焚掠。⑯废池：被战争破坏而未恢复的城池。⑰乔木：古老高大的树木。⑱杜郎俊赏，算而今重到须惊：意思是，当年那样赞美扬州的杜牧，要是看到如今的残破景象，也一定会感到吃惊的。杜郎，指唐代诗人杜牧。俊赏，眼光很高的鉴赏。算，料想。⑲纵豆蔻词工，青楼梦好，难赋深情：纵然有像杜牧那样能写出像"豆蔻""青楼"这些美好诗句的才华，也很难写出面对扬州残破景象时的悲痛之情。⑳二十四桥：唐代扬州有二十四座桥，但北宋时仅残存八座。㉑念桥边红药，年年知为谁生：桥边的芍药花虽然盛开，却无人欣赏，花又是为谁而生的呢？红药，芍药花。扬州以产芍药出名。宋代王观《扬州芍药谱》称："扬之芍药甲天下。"

本著作物经北京时代墨客文化传媒有限公司代理,由作者蒋勋授权中南博集天卷文化传媒有限公司,在中国大陆出版、发行中文简体字版本。

© 中南博集天卷文化传媒有限公司。本书版权受法律保护。未经权利人许可,任何人不得以任何方式使用本书包括正文、插图、封面、版式等任何部分内容,违者将受到法律制裁。

图书在版编目(CIP)数据

蒋勋说宋词.下,从苏轼到辛弃疾/蒋勋著.--长沙:湖南美术出版社,2020.10
ISBN 978-7-5356-9179-8

Ⅰ.①蒋… Ⅱ.①蒋… Ⅲ.①宋词—诗歌欣赏—青少年读物 Ⅳ.① I207.23-49

中国版本图书馆 CIP 数据核字(2020)第 095657 号

JIANG XUN SHUO SONGCI.XIA, CONG SU SHI DAO XIN QIJI
蒋勋说宋词.下,从苏轼到辛弃疾

出 版 人:黄 啸
出　　品:小博集
著　　者:蒋 勋
文字整理:黄庭钰
协力编辑:凌性杰
录音统筹·音乐:梁春美
录音·混音:白金录音室　钱家瑞
策　　划:文赛峰
责任编辑:王管坤
营销编辑:付 佳　余孟玲
版权支持:刘子一
书籍设计:利 锐
责任校对:林佳伟
出　　版:湖南美术出版社
　　　　　(湖南省长沙市东二环一段 622 号)
经　　销:新华书店
印　　刷:北京中科印刷有限公司
开　　本:875 mm×1270 mm　1/32
印　　张:5
版　　次:2020 年 10 月第 1 版
印　　次:2020 年 10 月第 1 次印刷
书　　号:ISBN 978-7-5356-9179-8
定　　价:39.80 元

若有质量问题,请致电质量监督电话:010-59096394
团购电话:010-59320018